하는 일마다
잘되는 남자

생존의 본능에서 의미있는 삶으로

하는 일마다
잘되는 남자

박군웅 지음

바이북스
ByBooks

첫 책 출간 1년 전, 텔레비전이 있는 공간을 비웠다. 고통스럽지만 나를 비우고 유익한 점을 더 많이 채우기 위해서였다. "사람은 책을 만들고, 책은 사람을 만든다"는 말이 있듯이 책은 인간에게 준 최고의 선물이다. 책에는 미美, 지智, 덕德이 있다.

첫 책 출간 후, 저자 강연, 독서 모임, 교육 모임, 나름대로 의미 있는 삶을 보내고 있다. 첫 책에 아쉬움이 있어서 《노트북 인생》 후 속작 《하는 일마다 잘되는 남자》라는 책을 쓰려고 결심했다.

'나는 왜 실패했는가?', '무엇을 어떻게 잘못했는가?'라는 질문이 뇌리에서 떠나지를 않았다. 이제는 행동으로 '무엇을 어떻게 할 것인가?', '인생을 어떻게 살 것인가?'라는 절박함, '어떻게 살아갈 것인가?'라는 명제와 함께 고통스러운 삶의 고민을 쓰기로 했다. 나의 실패한 경험을 철저하게 전하고 다른 사람들은 나처럼 실패 없는 고통없는 삶을 살았으면 좋겠다는 바람도 생겼다.

책을 쓰기로 했는데 작업이 쉽지는 않았다. 그동안 살아온 나의 삶을 어떻게 써야 할지, 어디서부터 써야 할지도 난감했지만 문장을 매끄럽게 하되 내용을 좋은 방향으로 어떻게 이끌어갈지도 문제였다. 너무 많은 일상을 써도 식상하고 인용문을 너무 많이 써도 인생은 정답이 없을 터다. 인용문은 별 도움이 되지 않을 것이고. 철학자의 말씀도 무조건 옳다는 증거도 없고 읽는 사람의 입맛에 따라 호불호가 나뉜다. 그래서 책 쓰기를 하면서 3가지 원칙을 세웠다.

나의 얘기를 사실대로 쓰자.
최대한 인용문과 중요한 인물삽입을 줄이자.
최대한 느낌이 있는 방향으로 노력하자고 결정했다.

나는 '취사선택'에 능하지 않거나, 취사선택의 지혜를 알지 못해 고통스런 삶에 시달렸다. 때때로 실패자로 느껴졌다. 외롭고 허전함을 느낄 때 어두컴컴한 방에서 추위에 떨 듯 떨었다. 집안에서 꿈틀거리고 있는 영혼들이 나를 집어삼킬 것은 두려움에 땀으로 흠뻑 젖기도 했다.

이 글을 쓰기 전의 나를 되짚어본다. 나는 누구인지, 왜 이 세상에 왔는지, 나의 삶의 목적이 무엇인지, 내가 살고 싶은 삶의 방향이 무엇인지에 대한 질문을 던져본 적 없이 그저 열심히 살았다. 뼈빠지게 열심히 노력하고 살았을 뿐이다. 실패는 실패를 낳는다. 실패가 반복되다 보니 생존에 대한 본능으로 살아왔다. 그러나 실패하고 한탄한들 원망한들 무슨 소용이 있겠는가. 결국 자신의 인생은 자신이 사는 것이고 책임지는 것이라는 모진 현실을 깨닫게 되었다.

나에 대해서, 내가 살아온 삶의 과정을 되돌아보면서 왜 실패할 수밖에 없었는지를 생각하게 되었다. 생각은 나를 변화시키는 동력을 찾게 했고, 시간을 달리 활용하게 했고, 생각의 한계를 알기에 더 깊이 있는 나를 찾기 위해 책을 읽게 만들었다.

과거의 나는 존재감이 없었다. 가끔 비아냥거림 대상이 되고 비웃음거리 대상이었다. 그것은 실패보다 더 아팠고 상처로 남았다. 그들을 원망하고 미워했고 세상을 탓했다.

지금은 모든 것을 내려놓은 상태라서 홀가분한 마음으로 생활한다. 이렇게 쉽게 마음을 내려놓게 된 이유는 단 하나였다.

'남을 의식하지 말자, 비교하지 말자.'

우리 주변에서 자신을 우쭐대며 드러내는 걸 좋아하는 사람을 쉽게 찾아볼 수 있다. 두꺼비 같은 얼굴에 어깨를 올리며 힘을 주고 직장에서든 모임에서든 남과 비교하기를 즐기고 상대에게 자신을 돋보이려 하는 사람도 있다. 심지어 공공장소에서 남에게 창피를 주고 자기 자신을 과시하는 사람도 있다.

결론부터 말하자면 남과 비교해서 우위에 있다고 우기고, 남의 자존심을 건드려 즐기는 사람치고 자수성가한 사람이 없고 진짜 성공한 사람도 별로 없다는 걸 알기에 위로를 받는다.

노트북 수리쟁이며 배달부이고 수리 대행 프리랜서이다. 그다지 평범하지 않은 삶을 스리잡을 하며 하루하루 버텨가며 산다.《내가 글을 쓰는 이유》라는 책을 읽고 글쓰기를 배우고 책 쓰기를 시작했다. 글쓰기는 세상에 살고 있는 모든 사람들에게 유익한 노동이다. 글쓰기를 통해 삶의 깨달음뿐만 아니라 실패의 대한 반성을 하게 되었다.

마음을 비우는 데는 독서와 글쓰기만 한 것도 없다. 우아하면서도 품위가 있다. 저녁이 있는 삶도 좋다. 글과 책이 있는 삶은 더욱 좋다. 바쁜 사회생활에 지칠 대로 지친 몸을 글과 책으로 잠시 쉬어가는 여유도 필요하다. 글과 독서로 마음을 정화하고 자신을 되돌아보는 시간도 필요하다. 글쓰기는 자신의 내면을 표현하는 행동이다. 글을 써서 굳이 존중받고 인정받고 존경받을 필요도 없다.

철저하게 실패한 삶, 그 이유와 원인을 글쓰기를 통해 되돌아봐 인생을 깨닫고 삶의 이치를 배울 수 있었던 모든 것들을 이 책에 담았다. 현재의 삶에서 절망과 고통에서 힘겨워하는 누군가가 이 책을 읽고 공감을 얻어 조그마한 위로가 될 수 있고 함께 나눠가질 수 있다면 더 바랄 것이 없겠다. 비슷한 경험으로 마음 고통을 받는 사람이라면 글쓰기에 동참하여 한 번쯤 도전해보기 바란다.

이제 나는 하는 일마다 잘되는 남자로 거듭났다.

그런데 왜 살고 있니?

더 실패할 것도 없다

하는 일마다
잘되는 남자면 좋겠다

아픔 없는 삶이 없다. 실수 없는 삶은 더 없다. 실패 없는 삶은 더욱 없다.
실패든 성공이든 인생에 영양분으로 모두 필요하다.

저 사람이 구질구질해 보이니 분명 가난한 사람이야. 가난한 사람들은 왜
저렇게 살고 있지? 많은 사람들이 이해할 수 없다는 듯 의아해한다. 많은
사람들은 가난한 이유로 가난한 사람들의 생활태도를 지적하며 '저렇게 사
니, 저 꼴이지'라며 비아냥대곤 한다.

하지만 저렇게 사는 건 가난이 제공한 산물이지 개인이 가난을 만들어낸
원인은 단연코 아니다. 좋은 음식 못 먹고, 좋은 옷 못 입고, 좋은 곳에 못
살며 어렵게 살다 보니 구질구질해지는 거지 잘못 살아서 구질구질한 것은
아니다. 실패도 마찬가지다.

100세 시대에 아직 반도 못 살았다. 아직 젊다. 불혹의 나이에 일무소유一無
所有인 마음을 어떻게 헤아리겠는가? 아직 젊다는 게 위안이 될 수 있을까?
제목처럼만 되면 좋겠다. 그게 정답이면 좋을 텐데.

더럽게 안 되는 남자

"실패는 성공의 어머니다"는 격언이 있다. 많은 사람들은 이에 호응한다. 맞는 말이다. 그렇다고 언제나 정답은 아니다. 실패에서 시작해 실패로 끝난 사람들도 있다. 이들에겐 실패의 어머니는 있어도 성공의 어머니는 없다. 실패한 삶은 원인이 있다. 계획 부실, 판단 착오, 형세 오판, 능력 부족 등 여러 이유가 있다. 실패는 실패다. 다른 곳에서 이유를 찾지 말고 스스로에게서 실패 원인을 찾고 인정하고 책임져야 마땅하다.

세상은 정의로워야 한다. 세상은 공정해야 한다. 삶은 공평해야 한다. 세상은 그래야 한다. 그러나 현실은 그렇지 않다. 그런 좋은 세상은 없다. 문제는 그런 세상에서 인간은 생존할 수 없다는 것이다. 문명은 경쟁에 의해 변화했고 인류는 발전했다. 그런데 세상이 정의롭다고 자신 있게 말할 수 있는가? 세상은 공정하지 않으며, 삶은 공평하지 않다. 실패, 성공, 불행, 행복, 증오, 배신이 공존한다.

세상을 비관하고 원망하고 메아리 소리치듯 불러봐도 나를 위해 응답하지 않는다. 정의롭지 못하다고 세상을 등지고 살 수는 없었다.

불혹의 나이에 겪은 실패는 분명 뼈아픈 요소들이 있다. 아버지 죽음, 가업 파산, 가족 불화, 사업 실패, 가정 파탄, 교통사고 등등. 수많은 실패와 좌절이 원망과 세상을 바라보는 증오의 씨앗들을 싹트게 했다. 결코 좋은 것들이 아니었다. 삶에 도움이 안 됐다. 물론 나의 뜻대로 되는 세상은 없다. 언제 어디서 또 다른 실패가 내 삶에 침입해 예상치 못한 좌절과 절망을 안겨줄지 모른다. 수많은 실패들이 왜 다른 사람이 아니라 내게만 발생하는지 순리대로 설명할 수 없는 경우도 많다.

수많은 실패는 두려움마저 무덤덤하게 했다. 매번 실패를 맞닥뜨리면서도 원인을 찾고 교훈을 얻는 훈련은 애써 외면했다. '어차피 안 될 놈이야'라는 자포자기다. 언제부턴가 자포자기는 또 다른 나의 이름이 되어버렸다. 실패 이유는 우선 능력 부족이다. 또 다른 이유로 논리적으로 설명할 수 없는 불가항력적인 경우도 있다. 맞는 말이다. "인생은 생각처럼 되지 않았다."

지나친 욕심으로 참혹한 대가를 치렀다. 이러한 진리를 알면서도 과욕을 선택한 것은 누구의 탓도 아니다. 그 당시 사회적 분위기도 벤처기업 붐이 뜨거울 정도였고 해외진출은 열광적이었다. 성공한 사람들을 보고 들으며 마치 나도 하면 될 것 같고 성공할 것 같은 유혹에서 벗어나지 못했다. 창업의 반열에 당당하게 들어섰다.

 사업은 망했다. 실패로 여기지 않았다. 능력 부족으로 인정하지 않았다. 그 무엇인가 이유를 대고 비참한 현실을 위로하곤 했다.
 지금 생각해보니, 사업실패는 애초부터 결정된 것이다. 원대한 사업을 하겠다고. 준비도 없이 사업계획서 한 장 없이 사업을 시작했으니 "망하겠다"고 선언한 것이었다.
 자금이 없어 실패했다, 도와주는 권력이 없어 실패했다는 것은 핑계일 뿐이다. 이유는 간단하다. 능력이 없기 때문이었다. 실패를 인정하지 않으려고 핑곗거리를 찾았고, 누군가라는 대상을 찾아 그를 원망하면서 마음에 위안을 삼는 짓을 했으니 얼마나 어리석은 짓인가.
 원망은 일종의 '생각의 병'이다. 즐거움과 기회를 모두 앗아간다. 원망은 또 다른 실패로 가는 지름길이다. 원망이 삶의 일부가 되면 자기 연민에 빠지게 된다. 그 이유는 원망이 마음 깊숙한 곳에 씨앗을 뿌리면 영영 벗어날 수 없기 때문이다. 원망과 연민은 자신을 무능하게 쓸모없는 사람으로 만들 뿐 아니라 불쌍하고 불공정하다며 한탄하며 자신을 피해자로 만들어버린다. 이런 인생은 단언컨대 성공할 수 없고 모든 것을 잃게 만든다.

 사업 실패는 가정 경제 파탄으로 직결되었다. 경제 파탄은 가정 파국으로 귀결된다. 누구를 원망할 일도 아니다. 가장인 스스로 책임을 져야 한다.

결국 원망할 대상을 찾기보다는 감사함을 찾는 것이 행복을 얻는 것임을 깨달았다. 실패에 감사하고 삶의 시련에 감사한다. 진심으로 행복을 찾는다면 원망을 피하고 감사함을 전달해야 한다. 그것이 이 책을 쓰는 이유이기도 하다.

혈육 영별은 아픔이다

아버지가 돌아가신 지 삼십 년이 되어가고 있다. 아버지의 죽음은 생명법칙에 따른 것이지만 나와 가족에게는 아주 큰 불운이었다. 철없던 시절엔 원망의 나날을 보냈다. 차라리 내가 대신 죽을 수 있다면….

세월이 지나고 나니 더 이상 그 사실이 슬프지 않다. 하지만 삼십 년 세월에 아버지가 돌아가셔서 슬프다는 감정이 풍화돼 없어졌다는 그 사실이 슬프다. 아버지 돌아가셨을 때는 슬픔에 빠져 앞날을 예측할 수 없어 두려움에 사로잡히기도 했다. 초가삼간을 지탱해온 기둥이 잘려버리니 와르르 흔적조차 없이 가족은 뿔뿔이 흩어졌다. 불가항력적인 불행이 닥쳤다.

갑작스럽게 아버지는 세상을 떠났다. 아버지는 오직 가족을 위해 헌신했고, 아내를 위해 모든 것을 헌신했다. 그리고 떠났다. 자나 깨나 걱정했던 자식들, 애통할 아내를 두고 홀로 떠난 것이다. 하늘이 야속했다. 어머니는 절규했고 삼남매 가슴에는 하늘이 무너졌다. 그 아픔은 참으로 오랫동안 가시지 않았다. 어쩌면 그 아픔이 지금까지 내 삶을 억누르고 있는 듯하다.

아버지여
풍비박산 났습니다.
뭐가 좋으셔서 가셨습니까?
뭐가 나쁘셔서 가셨습니까?
말 한마디 없이 가셨습니까?

산산조각이 났습니다.
목적지도 없이 떠났습니다.
시간표도 없이 떠났습니다.
기적소리 없이 떠났습니다.

외롭지 않습니까?
힘들지 않습니까?
비에 젖고 눈에 젖고
지붕이 너무 무거워졌습니까?

외롭게 해서 죄송합니다.
힘들게 해서 죄송합니다.

걱정하게 해서 죄송합니다.

무거운 지붕을 이게 해서 죄송합니다.

저승에서는 부디

외롭지도 힘들지도 걱정도 없는

삶이 되어주십시오.

간절히 기도드립니다.

한 주검의 영정 앞에서 삼남매가 울어봐도, 이렇게 소리쳐 절규해도 대답이 없었다.

아버지는 떠나갔다. 영영 먼 곳으로 가셨다. 떠난 사람을 붙잡을 수 없다. 떠난 사람은 가고 남은 사람은 살아야 한다. 삼남매와 홀어머니는 어떻게 살지를 모르고 있는 듯했다. 지붕만 바라보고 위에 낙지樂地를 하던 제비들도 어쩔 줄 몰랐다. 변해야 했다. 변해야 살 수 있었다. 쌀독은 텅텅 비었다. 함께하면 굶을 것이 분명했다. 흩어져서 살아남아야 했다. 각자도생이었다.

어찌 하겠는가 살아 있는 것은 모두 죽는 법이다. 자연 법칙이라고 한다. 삶은 곧 죽음이요, 태어나서부터 이 세상의 끝을 향해 달려가는 것이다. 생과 사는 이렇게 가까워진다.

죽고 싶다는 생각… 아버지가 세상을 떠나신 후 죽고 싶었다. 어린 목숨 하나가 할 수만 있다면 아버지 대신 죽고 싶었다. 바꿀 수만 있다면 그렇게 하고 싶었다. 산다는 게 두렵다는 것도 이때 처음 느꼈다. 죽고 싶었지만 죽을 용기가 없었다.

세월이 흘러 겪은 내 아이의 죽음도 설명 불가요, 최악의 불운이었다. 차라리 생기지나 말지. 천사 같은 아이가 엄마 배 속에서 잉태하여 숨도 쉬어 보지도 못하고 태어나지도 못하고 에덴의 동산으로 간 것은 참으로 안타깝고 통탄스러웠다. 아프고 또 아팠다. 뼛속까지 파고든 아픔은 지금도 가시지 않는다. 하늘이 참 무심하다고 생각했다. 전능하신 하나님의 응답을 기다릴 뿐 자신의 무기력함에 가슴을 친다.

하나님 죄 없는 아이를 어떻게 보낼 수 있습니까?
차라리 저를 보내주시옵소서.
하나님 아버지의 어린양이 되어 동산에서 춥지 않게 해주소서.
하나님 아버지의 어린양이 되어 동산에서 외롭지 않게 해주소서.
하나님 아버지 저의 죄를 사하여 주시고 시험에 들지 않게 해주소서.

저 먼 곳으로 간 사랑을 가슴에 묻고 산 지 오래되었다. 길이 없는 깊은 산속에 헤매는 이 몸. 불행한 사랑은 아픔이고 슬픔이다. 반쪽이 반쪽을 찾아 하나가 되길 맹세도 했다. 성스러운 맹세도 아픈 결별은 막지 못했다. 시간이 지나며 상처도 아픔도 사라진다. 이별해서 아픈 것이 아니다. 혼자여서 외로운 것이 아니다. 사랑을 주는 방법을 모른 것이 지금의 아픔이다. 제대로 된 사랑을 할 줄 몰라서 개탄스럽다.

가정은 인간이 세상에 태어나서 처음으로 체험하는 최초의 사회적 조직이다. 이 조직에서 감정과 의식, 가치와 규범, 대인관계, 생존 법칙 등을 학습하는 학교이자 인생에서 가장 많은 영향을 받는 존재다. 사랑, 결혼, 가정은 반드시 필요하다고 생각한다. 그래서 힘들고 지쳐 있을 때, 행복한 가정이 더욱 그립다.

죽음을 처음 생각해보다

교통사고다. 사경을 헤매고 다시 태어난 듯 세상이 달라 보였다. '더럽게 안 되는 인생의 운'까지 겹쳤다. 겨울철 오토바이 운전은 생명위험을 매일 동반하며 괴로움을 준다.

"천국과 지옥을 오갔다", "저세상의 저승사자를 봤다", 이런 사고를 당해 사경을 헤매다 기적적으로 생명을 다시 찾은 경험자들이 하는 말들이다.

불행하게도 이런 경험을 하게 된 것은 2016년 10월 26일이다. 신림2교 사거리에서 신호를 받고 출발하는 순간에 무엇이 붕 뜨면서 하늘로 떠받치는 느낌이었다. 승용차가 덮치면서 오토바이는 몇 미터 밖으로 튕겨 나갔고 몸은 공중부양을 하면서 바닥에 떨어졌다. 쿵푸 영화의 한 장면이다. 불가항력적 힘이 몸을 억누르고 숨을 조이는 고통은 생의 욕망마저 무너뜨린다.

'정신 차려!' 살겠다고 몸부림쳐도 아무 소용이 없었다. 애절하게 구원을 청해도 아무 소용이 없었다. '이렇게 죽는구나', '천사 아이를 만날 수 있겠구나' … 그 이후는 기억도 없다.

얼마나 시간이 지났을까?

인생이 별것 없음을 증명하는 순간이었다. 어떤 한마디 말도 필요 없었다. 그토록 원망했던 것들도, 잘살겠다고 욕심 부린 것들도, 미워했던 거, 좋아했던 거, 사랑했던 것도 모두 부조리에 불과했다. 살아 있다는 것뿐에도 뜨거운 눈물이 하염없이 흘러내렸다,

'사고로 이렇게 허무하게 죽을 수도 있겠구나.' '살겠다는 의지와 상관없이 죽을 수도 있겠구나.' 죽음에 대해 생각했다. 예전에는 죽음이 멀리 있다고 늘 생각했다. 나에게 죽음은 아직 먼 이야기라고 생각했다. 그런데 예측 못한 사고나 불치병에 걸려 갑자기 죽는 불운은 스스로 피할 수 없음을 깨닫고 온몸에 소름이 돋았다. 인생은 언제든 멈출 수 있고, 삶은 종착역이 있고, 영생을 꿈꾸던 천하의 진시황도 죽음만은 피할 수 없음을 깨달았다. 죽음에 대해서 더 진지하게 더 정직하게 생각해볼 필요가 있었다. 청년이든, 중년이든, 장년이든, 노년이든 남아 있는 삶의 시간을 어떻게 살 것인가를, 삶의 마지막 순간에 어떻게 죽을 것인가를.

인간이란 무엇이며 나는 누구인가? 왜 태어났는지? 또 왜 죽어야 하는지? 나의 의지와 상관없이 생과 사를 선택받는다. 태어났으니 생을 살아야 한다. 과연 이 세상은 아름다운 것인지, 험난한 것인지 알쏭달쏭했다. 단, 분명한 것은 이 세상에 생존하려면 누군가

에게는 어쩔 수 없이 인간의 존엄마저 버리며 머리를 숙여야 하고, 누군가에게는 한 발짝 한 발짝 무참히 짓밟히고 가는 것이라는 생각이 들었다. 이것이 삶을 사는 방식인가, 성공한 사람들의 비결은 무엇이며, 실패한 사람, 고통받는 이유는 무엇인지 질문했다. 독립한 일개의 인격체로서 많은 사람들이 인생길에서 스스로에게 질문을 했을 것을 처음으로 깊이깊이 생각했다.

나를 위해 존재하는 사람은 없다. 나를 위해 존재하는 세상 역시 없다. 세상은 냉철하다. 아픔, 기쁨, 상처, 행복, 건강, 죽음은 아무도 막을 수 없다. 세상 사는 법칙이다. 넘어지고 엎어지고 쓰러져도 태양은 다시 솟아오른다는 사실을 절실하게 인지했다.

내 인생이 실패한 원인은 무엇인가에 대해 스스로에게 질문을 가장 많이 했다. 아버지의 죽음, 사업실패란 것이 슬프지만 돌이킬 수 없는 현실이다. 그것을 핑계로 신세타령이나 하고 하늘에 탄식하며 목숨만 연장하면서 살기는 싫었다.

사십대는 아직은 젊다. 넘어져서 아프다고 포기하는 것이 아니라 넘어질 때마다 다시 일어서는 것만이 확실한 삶의 증거임을 깨달았다.

넘어져서 고통스럽지만 새 삶에 도전하는 것을 멈추지 않고 싶다. 희망, 목표에 집중하며 다시 재탄생하는 법을 배워나가고 싶다. 마치 병아리가 세상에 태어나기 위해 껍질을 뚫는 위대한 과정을 거치는 것처럼 말이다.

아픈 기억들

삶은 멈추지 않았다. 서울시 관악구 신사동 주민 센터 맞은편 1
층에 친구와 함께 사무실을 오픈했다. 친구는 정수기 사업을 했다.
정수기, 세정기, 청정기, 연수기 및 노트북 수리, 컴퓨터, TV모니터,
산업장비 사업을 동업하기로 했다.

이른 아침, 미세먼지도 없는 화창한 날씨는 출근하는 나의 기분
을 업시켰다. 이날은 중요한 고객과 약속 시간이 잡혔다. 오전 10시
쯤 일산에서 정수기 판매 계약 1건, 오후 1시쯤 관악구 아파트에 연
수기 판매 계약 1건, 오후 6시쯤 노트북 판매 1건, 모두 굵직한 계약
이고 엄중한 업무다. 순수하게 고객 상담으로 일궈낸 성과다. 이제
계약서에 서명만 하면 된다. 다만 약속 시간에 절대 엄수해야 한다.

예정 시간보다 조금 일찍 서둘러 출발했다. 신대방역을 지나 구
로 시내고속도로 타고 성산대교에서 강변북로에서 일산으로 가는
노선이다. 시간 여유도 있고 상쾌한 아침 공기도 마시면서 정상적

인 속도로 성산대교에서 강변북로로 갈아탔다. 2킬로미터 좀 더 지나면 GS주유소가 있다. 소문난 저렴한 주유소다. 항상 강변북로 지날 때면 여기서 주유를 했다. 오늘도 주유하기로 하고 천천히 차의 속도를 줄였다. 진입하기 전 핸들이 흔들리면서 피씩 하는 소리와 함께 차가 흔들거렸다. 가슴이 철렁했다. 무언가 일이 터졌구나. 직감이다. 조수석 타이어가 내려앉았다.

사태의 엄중함을 알았기에 잽싸게 보험사에 전화를 걸어 현재 상황 및 위치를 설명하고 다급하다는 것도 잊지 않았다. 출장서비스의 경우, 시내 일반도로는 사고현장 도착까지 10분 정도 소요되지만 고속도로는 30분 이상 걸린다며 바로 출동시킨다는 답변이다. 30분 내에 도착하면 약속시간은 지킬 수 있었다. 바로 일산 고객께 전화를 걸어 상황 설명을 하고 양해를 구했다. 계약 면담 후 다른 약속이 있다고 시간을 지켜달라는 답변이다. 알았다고 대답은 했지만 속은 달달 볶아대고 있었다. 기아 쏘울 차는 보조 타이어가 없다. 구멍 난 타이어는 땜질밖에 방법이 없다.

펄펄 끓는 마음을 아는 건지 20분 만에 도착했다. 너무 고마웠다. 출동기사님이 구세주처럼 느껴진 것은 처음이다. 감동도 잠깐. 타이어가 구멍 난 것이 아니라 찢어졌다고 한다. 타이어 교체밖에 방법이 없다. 아뿔싸! 차를 견인해서 정비소로 가야 한다. 고객께 다시 전화를 걸어 이해를 구하고 약속시간을 취소했다.

분을 삭이며 타이어를 교체했다. 털이 빠진 쌈닭처럼 온몸이 후끈후끈 달아올랐다. 며칠 전 엔진오일 갈 겸 공업사에서 타이어, 엔진, 라이트 등 기본적인 점검을 받았다. 분명 문제가 없다고 했다. 실제 타이어 교체한 지 1년도 안 되었다. 가슴에 타오르는 불을 끄듯 꿀꺽 물을 들이켰다.

'진정하자, 오후 업무를 위해.'

'잘될 거야. 잘할 수 있을 거야.'

나 자신을 다독이며 중얼거렸다.

관악구 아파트까지의 거리는 차로 8분이면 충분하다. 항상 그랬듯이 약속시간보다 여유를 갖고 약속장소에 먼저 도착해서 기다리는 것이 도리라고 생각했다. 좀 더 빨리 서둘러 출발했다. 두영아파트로 가는 도로를 지나가면 약속한 아파트로 가는 유일한 일반도로가 나온다. 좁은 도로에 보수공사를 하니 길은 차 한 대 겨우 지날 수 있는 상황이었다. 도로를 칼로 가운데 자르듯 반은 포장, 반은 비포장이었다. 이미 굴삭기로 흙을 깊게 퍼냈고 도로 위 높이는 수평을 잃었다. 현장 인부의 지시를 받으며 차들이 오고가고 있었다. 인부의 지시를 받으며 조심스레 운전하는데 난데없이 차가 미끄러지고 뒷좌석 타이어가 도로 가운데 잘린 곳에 걸치면서 타이어가 찢어졌다. 경차여서 현장 인부들 도움으로 가까스로 차는 도로 위로 밀어 정차할 수 있었다.

'계약해야 되는데.'

고객께 전화를 걸어 사고경위를 설명하고 다음날로 약속을 미뤘다. 견인차를 불러야 한다. 전생에 무슨 죄를 졌는지 모든 것이 멈

추듯 의욕마저 사라졌다. 생각이 멈추듯 입도 닫았다. 사무실 와서
도 일손을 놓고 아무것도 하지 않았다.

오늘은 특별한 날이다. 뭘 해도 안 되니 가만히 있는 게 무사하
지 않을까? 별별 생각이 다 든다. 저녁은 친구와 소주 한잔할 생각
이었다. 찜찜한 마음에 오후 계약건은 취소하고 다른 날에 갈 결심
을 했다. 그러자 계약 한 건을 따기 위해 영업하기가 얼마나 힘드냐
고 무조건 가야 한다고 옆에 있던 친구가 걱정했다.

약속을 지켜야 신용이 바로 선다며 믿음이 깨지면 영업이고 계
약이고 다 끝이라고 했다. 그렇게 불안하면 같이 동행하겠다며 꼭
가야 한다고 조언했다. 맞는 얘기다. 사업이든 골목장사든 신용은
곧 믿음이고 재산이다. 그래, 약속은 약속이다. 약속은 지키는 것이
다. 한 번 신용을 잃으면 고객과의 관계는 물론이고 입소문을 타고
사업 전체에 나쁜 영향을 줄 것이 뻔하다. 친구도 동행하니 조금 안
심도 되고 업무가 끝나고 술도 한잔할 겸 함께하기로 했다.

사무실에서 집까지 거리도 가깝고 고객님 집하고도 가깝다. 도
보로 가도 8분 정도면 충분했다. 차를 두고 갈까 했다가 사무실 앞
주차가 마땅하지 않았다. 요즘은 밤에도 가끔 주차단속을 한다. 차
로 가기로 했다. 사무실 옆 CU편의점을 끼고 우회전 후 직진하면
바로 집이다. 약속 시간에 맞춰 시동을 걸어 출발했다. 천천히 우회
전을 하고 직진을 하려는데 지나가던 행인이 운전석을 가리키며 손
으로 아래위로 지시하며 뭐라고 말해주려고 하는 몸짓이었다. 이상

하다 해서 차창을 내렸다. 운전석 타이어 공기가 빠진다고 한다. 놀란 가슴에 확인했더니 타이어는 멀쩡해 보이는데 공기는 절반 정도 빠진 상태이다. 아차! 타이어 구멍 났구나. 주저앉았다. 아직 공기가 조금 있으니 천천히 운전해서 집 주차장으로 이동시키라고 친구가 재촉했다. 경황이 없어 멍하고 있었다. 작은 사거리 모서리에 주차를 하면 모든 차량이 엉켜 엉망진창이 될 게 뻔했다. 어금니를 깨물고 차를 천천히 주차장에 이동시켰다.

보험사 출동 서비스보다 더 급한 것은 고객과의 약속이었다. 출동 서비스는 차후에 부르기로 하고 우선 고객과의 약속 장소로 향했다. 상황을 설명하고 조금 늦은 것에 양해를 구했다. 고객님도 허허허 웃음을 지으며 50평생 처음 듣는 일이라며 불쌍하게 보였는지 계약은 흔쾌히 성사됐다. 조금 늦은 시간임에도 어쩔 수 없이 차 정비 서비스를 받고 마무리됐다. 오늘 하루 수고했다는 듯 달님도 멀리서 지켜보고 있었다.

결국은 2건은 취소되고 1건은 성사됐다. 전생에서 악업을 했고 이승에서 업보를 갚는 중이다고 한탄할 필요는 없다. 좋은 일 있으면 나쁜 일도 있는 법! '나쁜 일을 겪었으니 좋은 일도 다가올 거다.'라고 중얼거렸다. 부정적인 생각보다는 긍정적으로 생각을 하니 큰 변화이기도 했다. 이런 날엔 소주 한잔으로 가슴을 푸는 게다.

친구하고 자주 다녔던 단골집으로 발걸음을 재촉했다. 화려한 레스토랑이나 술집보단 조용하고 맛도 좋은 밥집이 좋다. 몇 평 남짓한 공간에 주방과 테이블 4개에 서너 개 서민들 반찬으로 동네 아저씨들에서 아주 인기가 좋은 골목 식당이다.

전라도 사투리에 마음씨도 착한 아주머니 혼자서 운영한다. 모든 것이 셀프다. 정이 넘친다. 친구도 촌놈인지 둘은 이구동성으로 찌개전골을 소주 안주로 선택했고 소주 두 병으로 술잔을 오가며 부딪쳤다. 평시 말도 없고 무뚝뚝한 친구도 말문이 열리는 듯하다. 소주 한 병을 비우고 반병을 더 비우니 취기가 슬며시 찾아왔다.

"인생이 별거 아니다. 좋을 때도 있고 나쁠 때도 있는 것이여. 사업이 실패했다고 인생이 실패한 것은 아니다. 지금 돈이 없다고 평생 돈이 없는 것도 아니고 사업 실패도 너의 잘못이 아니다. 너라고 실패하려고 망하려고 사업을 했겠냐? 사업은 운도 따라야 하는데 너는 운이 없다고 쳐라. 돈이란 있으면 있는 대로, 없으면 없는 대로 인생을 헛되게 안 살면 되는 거야. 인생이 꼭 성공을 하면 행복할까? 대통령, 재벌 등 그런 사람들도 과연 행복할까? 잘 모르지만 늘 행복하진 않을 것 같다. 생각처럼 지구 70억인 사람들이 성공해서 대통령 되고 재벌이 되면 세상이 돌아가겠어?"

맞는 말이다. 군부대에 병사는 없고 모두가 장군이면 총칼을 들고 전쟁터에서 누가 육박전을 벌이겠나? 기분은 취기에 젖어 조금은 차분해졌다. 그런데 친구는 아직도 더 할 말이 있는 듯했다.

"앞으로 좋아질 거야, 너는 노트북 수리를 하고 나는 정수기를 팔고 같이 하면 잘될 거야 암, 잘되고 말고. 상처 없는 삶은 없다. 상처 받지 않고 살면 행복할 것 같아? 그렇지도 않다. 어릴 때부터 옆어지고 넘어지고 아프면서 커온 거다. 인생은 다치면서 살아간다. 그 어떤 상처를 입어서도 스스로 견뎌내는 내적 힘, 아픈 상처를 스스로 치유할 수 있는 정신적 정서적 능력을 기르는 것이다. 그 능력과 힘은 자기 의지에서 찾는 것이다. 그 의지는 삶의 방법일지도 모른다. 스스로 치유할 수 있는 힘, 정신적 정서적 능력의 힘, 그 힘을 지금 찾아가는 중이다. 노력함에는 꼭 보답이 돌아온다."

"그래 네 말이 맞다. 인생은 별거 아니다. 작년에 친구가 죽는 것을 보고 참으로 인생은 별거 아니란 걸 새삼스럽게 느꼈다. 한 방에 훅 갈 수도 있어. 돈이란 아쉬움이 많은 물건이야. 없으면 없는 대로 있으면 있는 대로 쓰고 산다고 치자. 그런데 말이야, 돈으로 모든 것을 살 수는 없어도, 돈 없이는 어떤 것도 살 수가 없단다. 그래서 돈을 버는 거야. 언제부터인지 모르지만 돈을 부의 상징이나 성공의 지렛대로 삼는 것에 익숙해졌어. 살면서 돈도 한없이 써보고 실패도 수없이 했다. 아직 젊다고 한다. 살아갈 날도 창창하다고 한다. 불혹의 나이에 생각하니 돈도 중요하지만 중요한 것은 삶이 가치가 있어야 한다고 믿는다. 돈이 없어서, 실패를 해서, 아파서 무서운 것도 아니고 제일 무서운 것이 무엇인지 알아?"

취기에 기분이 좋은지 마음속 얘기를 더 꺼냈다.

"소년에게는 버림이 무섭고, 중년에게는 외로움이 아프고, 노년에게는 무관심이 독약이다. 너는 마누라가 있고 두 자식도 있으니 외로운 줄 모르고 잔소리를 귀찮게 여길지 모르지만 그건 분명 배부른 소리야. 외로움과 쓸쓸함이 언제부터 왔는지 정확히 기억이

나지 않아. 다만, 저 멀리 간 사랑이 그리워진다. 그 그리움의 주기가 짧아지는 거야. 이승에서 맺어진 부부의 인연은 전생에서 원수지간이라고 했는데 이미 전생에서 엄청난 업보를 갖고 이 세상에 태어난 느낌이야. 그렇지 않고서야 몇 번이나 부부의 연을 파탄으로 끝내고 시련을 되풀이할 이유가 있겠냐? 여기서 누구의 잘잘못을 따져봐서 무슨 의미가 있겠어? 이제 와서 전생에서 업보를 따져본들 무슨 소용이 있어? 피할 수 없는 현실을 담고 살기엔 너무 후회가 되는 거지."

"네가 좀 전에 한 말처럼 혼자여서 자유이고 부담이 없고 편하다고 했지? 남성의 성욕을 채우려고 여자의 젖가슴을 어루만지며 배꼽 아래 검은 초원에 빠져 온몸을 뒤틀며 신음소리를 하며 침대에서 풍랑을 맞는 것처럼 요동치며 살겠다는 것은 결코 아니다. 성적 교감 위에서 사랑하는 사람을 껴안고 모든 것을 나눌 수 있고 말할 수 있는 동반자가 있을 때, 가족이란 울타리에 서로에 의지하며 이해, 믿음, 사랑이 있을 때 인간은 비로소 외롭지 않고 절대 고독을 벗어날 수 있어. 이것이 가족이고, 삶의 가치관으로 생각했어. 인간은 다른 반쪽을 만나서 하나가 되어 자식도 낳고 가정을 꾸리는 것이 아주 오래된 신념이야."

숨도 쉬지 않고 내뱉었다. 주정 섞인 하소연을 친구가 들어주니 고마웠다. 서로 말없이 술잔을 꿀꺽꿀꺽 삼켰다. 취중진담이었다. 술기운을 빌어 가슴에 묻었던 말을 했다. 가슴이 후련했다. 멈출지 모르는 술잔을 부딪치며 몇 잔을 비웠더니 세상은 더 아름다웠다.

비록 내일 약속은 없어도 출근해서 일은 해야지, 술값을 계산하고 자리를 떴다. 친구는 한 잔이 아쉬운지 맥주 한잔 더 하자며 끌고 가듯 호프집으로 향했다.

밥집에서 나와 골목길을 건너면 불과 십여 미터 거리에 숯불 바비큐치킨 집으로 들어갔다. 평시에 손님들로 가득 차 욱적북적 대던 곳인데 오늘 따라 조용했다. 왜 이렇게 조용하냐고 했더니 사장님도 한숨을 내쉬면서 요즘 경기가 좋지 않다며 언제까지 가게를 이어갈지 모르겠다며 푸념했다. 어렵다, 어렵다 했는데 다들 어렵구나. 나라 경제는 언제 좋아질지. 애국지사가 된 듯 잠시 나라 걱정도 했다.

주문을 하고 맥주가 왔다. 1차로 소주에 전골을 먹었더니 속에서 열이 난 듯 온몸이 뜨거웠다. 맥주 한 컵으로 목줄을 적시니 이렇게 시원할 줄이야. 서로 술맛이 땡겼는지 맥주가 물이 흐르듯 목구멍으로 찰찰 넘어갔다. 소주와 맥주로 혼합이 되니 궁합은 딱 맞다.

그날 마신 술로 불운이 겹칠지는 아무도 몰랐다. 다음날에 시련과 고통이 찾아올지 모르고 마구 마셨다. 맥주 세 잔까진 어설프게 간간히 기억에 있는데 그 후로 몇 잔을 더 했는지, 무슨 이야기를 했는지 기억에서 사라졌다. 술이 좋은데 과하면 이게 문제가 커진다. 밥집에서 마신 술까진 딱 좋은데 친구의 적극적 유혹에 벗어날 수 없었다. 과음으로 기억을 상실했으니 얼마나 마셨고, 누가 술값을 계산을 했는지? 언제 어떻게 집에 왔는지 모르겠다.

나중에 맥주집 사장님에게서 그날 일들을 전해 들었다. 주사나 요란스럽게 소리치거나 이상한 행동은 없었다. 맥주 500cc를 둘이서 여덟 잔을 마셨다고 한다. 처음에는 괜찮은데 네 잔째부턴가 화장실 갈 때면 몸을 비틀거렸단다. 둘이서 많은 이야기도 했고, 화장실 가는 주기가 짧아지고 몸의 비틀거림은 더 심해졌단다. 사장님 말씀은 이게 전부였다. 주사라면 주사였다. 술꾼들의 모습에 비하면 특별한 것은 아니다. 술값은 친구가 계산했다. 맥주 집에서 나와 집으로 가는데 몸 비틀거림이 심해서 바로 쓰러질 것 같아 사장님이 뒤를 지켜봤다고 한다. 집 앞 대문에서 작은 문으로 들어가는데 대문 문턱에 걸려 꽈당 쿵 하고 엎어져서 너무 놀란 사장님이 바로 부추기면서 방으로 안내했다고 한다.

불운으로 가득 찬 하루였지만 나는 모든 것을 받아들이기로 했다. 이것도 인생이다. 무엇보다 생을 주신 것에 감사하기에. 삶을 주신 것도 축복이기에.

교통사고 후유증

잠에서 깨어나 눈을 뜨려고 해도 눈꺼풀이 뜨이질 않는다. 손으로 주위 물건을 더듬어보고 베개를 만져보니 집은 맞다. 한참 후 눈을 뜨고 핸드폰을 찾으려고 몸을 뒤틀었지만 몸이 움직이지 않는다. 머리를 돌리려고 해도 목에 통증을 유발하니 돌릴 수가 없었다. 약간은 어두컴컴하나 아침이란 짐작은 갔다. 출근 준비를 위해 일어나려고 했다. 움직일수록 목과 허리에 통증이 오면서 꼼짝달싹 못하고 있었다. 이때까지만 해도 어제 귀갓길에 무슨 일이 생겼는지 어떻게 집에 왔는지, 몇 시에 왔는지 전혀 알 수가 없었다. 감각으로 큰 문제가 생겼다고 짐작했다. 몸을 움직일 수도 없고 일어날수도 없었다. 목과 허리 통증이 동반하고 있었다.

평시에도 교통사고 후유증으로 목과 왼쪽 어깨와 왼쪽 팔이 저린 증상이 있고 목 디스크로 행동 자세가 완벽하게 자유스럽지 않다. 하지만 생활하고 일을 하는 데 약간의 불편함이 있어도 일을 못

할 정도는 아니다. 그런데 오늘은 도저히 움직일 수 없다. 교통사고 후 오늘처럼 온몸을 움직일 수 없는 경험을 한 적이 몇 번 있었다. 무거운 물건을 들어서 목과 허리를 무리하게 움직였거나, 생활에서 목과 허리가 삐걱되거나 디스크에 자극을 줄 때 며칠씩 움직이지 못했다. 병원에 입원해서 의사처방과 물리치료를 병행해야 한다. 어제 분명히 넘어지거나 어디에 부딪쳤거나 했을 것이다. 참으로 고통의 연속이다. 이럴 때면 차라리 죽는 게 낫다고 생각해본 적이 있다. 몸을 움직일 수 없으니 기본적인 생활이 안 된다.

움직일 수 없고 고스란히 누워만 있어야 한다. 다른 사람의 도움이 없이는 혼자서는 아무것도 할 수 없다. 자연스런 생리문제 해결도 고통이다. 정상적인 사람에겐 아무것도 아니지만 움직이지 못하는 자에게 몇 걸음은 극한의 고통이 아닐 수 없다. 평평한 바닥에서는 벌벌 기어가는 것이 통증을 최소화하는 데 좋다. 화장실 문턱은 높아서 온 힘을 다해 겨우겨우 벽을 지탱하며 일어선다. 배도 고프다. 밥 먹는 것도 사치에 불과하다. 앉을 수도 없고 설 수도 없다. 몸이 따라주지 않아 행동에 제한을 받거나 통증이 심해 움직일 수 없어도 정신력으로 버틸 수 있다. 배고프면 참으면 된다. 며칠을 굶는다고 죽지도 않는다.

슬픔은 마음속의 고통이다. 누군가를 생각하고 그리워하며 눈물 흘리는 건 슬픈 일이다. 수많은 인연과 헤어져도 가슴을 아리게 하는 사람이 한 명도 없다면 인생을 잘못 산 것이다. 수많은 인연과 헤어진 모든 사람들에게 아픔과 슬픔, 후회만 있다면 이것 또한 잘

못 산 것이다. 아리게 한 사람도, 후회하고 아픔으로 그리운 사람도 없는 텅 빈 가슴에 사라진 것들이 큰 슬픔이고 더 큰 고통이다. 어쩔 수 없는 현실은 비루함마저 느껴진다.

노폐물들이 방광에 쌓이면 생리현상은 참을 순 없다. 그렇다고 누워서 일을 볼 수도 없다. 벌벌 기어서 한 손으로 화장실 문고리를 잡고 한 손으로 문턱을 짚으면 혼신의 힘을 다해 해결했다. 이미 몸은 흠뻑 젖었다. 옷을 갈아입을 수도 없다. 거실 출입문도 잠그지 않았다. 핸드폰 전원도 꺼졌다. 갈증이 나서 물 마시는 것도, 배고파서 밥 먹는 것도 참을 수 있으면 최대한 참아야 한다. 움직임을 줄이고 디스크에 자극을 덜 주며 가만히 있는 것이 차라리 회복에 도움이 된다.

사회복지 서비스가 좋아져서 119구급대나, 시청, 구청에 전화를 해서 도움을 받을 수 있다. 구차하게 살겠다고 전화해서 도움을 받는 것도 내심 싫었다. 과학적 해석은 인간이 아무것도 섭취를 안 하면 7일을 넘기지 못한다고 한다. 진심으로 그냥 이대로 7일이든 한 달이든 시간이 흘렀으면 좋겠다.

아무것도 섭취를 안 했다. 기가 없고 맥이 빠진 듯 온몸이 나른해졌다. 움직이지 않고 시간이 얼마나 지났을까? 잠이 든 듯 물속처럼 조용했다. 저 푸른 더 넓은 초원에 양들이 무리를 지어 싱싱한 풀잎들을 만끽하는 것과 같은 들판의 평온함이 느껴져서 더 자유로웠다.

세월은 유수와 같다고 하던가. 빨리 어른이 되고 싶어 했던 어린 시절, 시간이 안 간다고 했던 어린애가 어느덧 불혹의 나이가 되어 아직 이룬 것 하나 없는데, 아직 마무리된 것 하나 없는데, 시간이 비껴간 듯 세월이 참 무심해보였다.

한강의 아름다움은 서울의 자부심이다. 강변 보도블록에 발을 담그며 붉게 물든 서쪽의 하늘을 바라보았다. 붉게 타오른 해가 지는 하늘의 아름다움에 흠뻑 빠졌다. 붉게 타오른 태양의 붉은 빛은 한강 수면에 반사되어 물결에 따라 움직이는 붉은빛은 아름다움을 더해 황홀했다. 그러나 아름답던 서쪽의 하늘도 명맥만 유지했다. 붉은 태양은 서쪽으로 더 멀어지면서 사라지고 하늘은 이내 어둠의 그림자를 드리웠다. 한강의 어둠은 강변 가로등으로 불빛을 대체했다.

한강의 바람처럼 인생도 늘 시원했으면 한다. 그러나 인생과 삶은 한강 물속처럼 캄캄하다. 한강 물속에 무엇이 있는지 알아보기 어려움은 물론이요, 보도블록 한 걸음 앞에 무엇이 나를 기다리고 있는지 모름은 물론이다. 내 삶에 어떤 실패와 불운이 다가올지 어떤 고통을 안겨줄지 모른다.

'휴' 하는 소리와 함께 귓가에 내 이름을 부르는 소리가 들렸다. 분명 익숙한 목소리고 그리운 목소리였다. 힘들 때 자상한 목소리로 부르던 아버지였다. 그토록 보고 싶던 아버지다. 주위를 돌아봐도 보이지 않았다. 허탈함에 조금 더 걸었는데 바로 어깨 너머로 낯

익는 얼굴들이 스쳐간다.

앗! 앗! 사랑했던 좋아했던 함께했던 … "야~ 대답 좀 해봐!" 소리를 질러도 반응이 없다. … 목이 터져라 부르던 큰소리에 놀라 눈을 뜨니 꿈을 꾸었던 모양이다.

온몸은 땀으로 흠뻑 젖었고 갈증도 심했다. 그때였다.

"어떻게 된 거예요? 출근도 안 하고 전화기도 꺼져 있고, 낮잠이나 자고, 무슨 일이 있는 거예요?"

여자 목소리였다. 정신을 차렸다. 윤희였다. 깜짝 놀라기도 하고 갈증 때문에 말도 나오지 않았다. 손으로 신호를 줬다. 그녀는 눈치를 채고 물컵에 빨대를 꽂아 입에 물어주었다. 숨도 안 쉬고 들이켰다. 대충 설명을 듣고 구급차를 부르겠다며 전화를 꺼냈다. 나는 극구 만류했다. 온 동네에 나쁜 입소문이 돌면 좋을 것이 없다는 이유였다. 조금 있으면 좋아질 거라고 했다.

이렇게 누워만 있으면 산 사람도 죽는다며 기어코 병원에 가자며 부추기고 일으켰다. 아무리 작은 남자 덩치라도 가냘픈 여자의 힘으로 감당하기 어렵다. 가냘픈 여자에 몸을 맡기는 것도 싫고 이런 꼴을 보이는 것도 싫었다. 그냥 부축해 달라 하고 죽을힘을 다해 이동해보지만 움직일수록 통증이 가중되어 꼼짝 못 했다. 어디서 힘이 생겼는지 그녀는 정신을 똑바로 차리라고 힘주어 말하고는 나를 업다시피 차에 실었다. 곧바로 병원으로 갔다. 차에 타고 가면서 생각해보니 어떻게 왔는지, 무슨 일로 왔는지도 물어볼 겨를도 없었다. 차에 앉아서 이동하는 것도 고통스러워 눈을 지그시 감았다.

차로 15분 거리 남짓 걸린 보라매병원 응급실로 바로 향했다. 통증을 호소하니 진통제 주사를 넣었는지 통증은 많이 사라진 듯 살살 움직이는 데는 어려움이 없었다. 오후 퇴근 시간이 다가오는지 서둘러 검사부터 시작하고 한편으로 입원수속을 하고 두세 시간에 걸쳐 진료를 받았다. 진료 내용은 대충 이렇다. 목 디스크에 4, 6, 7번에 뼈가 약간 삐뚤어져 신경을 누르고 있다며 전형적이 목 디스크라고 했다. 수술을 해서 더 좋아질지는 미지수라며 약물치료와 물리치료를 하면서 좀 더 지켜보자는 것이다. 3년 전 교통사고 때 양지병원의 진료 데이터를 보면 알 수 있다. 분명 교통사고 후유증으로 생긴 문제다. 의사도 더 이상 목에 자극을 주거나 더 나빠지면 안 된다며 특별 관리를 주문했다.

입원실로 돌아와 누웠다. 간호실에 간 윤희는 한참 후에 과일을 한가득 들고 왔다. 저녁에 출출하면 먹으라고 하면서 안심하고 치료하라고 주문하듯 말하고는 내일 다시 오겠다고 했다. 고맙다는 말도 못했다. 얼굴을 보니 피곤함이 쌓여 있었다. 미안해서 아무 말도 못 하고 고개만 끄덕였다.

한바탕 검사 받느라 피곤했는지 잠이 들었다. 얼마나 시간이 지났을까? 간호사가 수액을 교체하는 소리에 잠을 깼다. 침대를 45도 정도에 높이를 높였다. 물을 마시거나 음식 섭취에도 수월해졌다. 다시 잠을 청했지만 잠은 오지 않았다.

오랫동안 연락이 없었는데 며칠 전 윤희에게서 전화가 왔었다. 미팅 중이라 받지 못했고 운전 중이라 또 받지 못했다. 왜 하필 사고가 났을 때 왔을까? 어떻게, 왜 왔는지 궁금했다. 내일 오면 진지하게 감사를 전해야겠다는 생각과, 무슨 일로 왔는지도 궁금했다. 잠은 오지 않고 정신은 멀뚱멀뚱 궁금증만 더해갔다. 인생에서 스쳐가는 사람, 인연이 없는 사람이라고만 생각했다. 오늘 일을 생각하면 스쳐가는 인연도 소중한 인연이라는 것을 새삼스럽게 느꼈다.

고별

시간은 새벽으로 가는데 잠은 오지 않는다. 아침 4시를 넘어 5시로 가고 있었지만 피곤함에 잠든 환자들의 코고는 소리에 잠을 뒤척였다. 신경이 날카로워졌고 예민해졌다. 이불을 머리까지 덮어도 소용이 없었다. 수액에 진통제가 들어갔다. 통증이 완화돼서인지 움직임이 수월해졌고 식욕도 땡겼다. 바나나로 소리 없이 배를 채웠다.

빨리 윤희가 오기만을 기다렸다. 만약에 어제 윤희가 오지 않았으면 어떻게 됐을까? 아마도 지금쯤 움직이지도 못하고 통증에 시달렸을 것이 분명하다. 고통이 너무 심해서 생리문제도 해결 못 하고 누운 자리에 일을 봤을지도 모르겠다는 생각이 들자 끔찍했다. 가냘픈 여자 몸으로 남자를 업고 이동하는 게 얼마나 힘들었을까? 부축할 때나 등에 업을 때나 술 냄새에 땀 냄새에 얼마나 고약했을까? 병원에서 검사받고 입원하고 모든 일을 윤희 혼자서 한 것에 미안함에 더해 죄책감마저 든다. 그렇게 안 해도 아무런 책임이 없는 관계다. 굳이 과일까지 챙기고 병원비도 대납했을 거였다. 아니면 검사도 진료도 입원도 불가능하다.

뜬눈으로 꼬박 밤샘을 했다. 아침 식사를 하고도 오전 8시나 돼서야 잠이 들었다.

얼마나 잤을까? 신경이 예민한 터라 조금의 인기척이 있어도 잠에서 깼다. 눈을 뜨니 어느새 윤희가 보조침대에 앉아 기도를 하고 있었다. 나를 위해 기도한 것인지 아니면 다른 고민거리 때문에 기도한 것인지 잘 모르지만 분명히 무슨 일이 있다. 기도를 끝나기를 기다렸다. 시계는 11시 조금 넘기고 있었다. 잠깐인 줄 알았는데 3시간 정도는 푹 잔 것 같다. 기도를 마치고 눈을 뜨는 순간 먼저 말을 걸었다.

"언제 왔어?"

"한 시간 정도 됐어요."

"좀 어떠세요? 무슨 사고라도 난 거예요? 아니면 술에 취했어요?"

아무 대답도 못했다. 술이라고 하면 '그 꼴이 어디 가겠냐' 할 것이고 아니라면 곧 거짓말이 되기 때문이다.

"어휴 또 술이네, 그놈의 술하고 전생에 원수졌어요?"

눈을 지그시 감은 채 궁금한 것들에 고민하고 있었다. 스쳐가는 인연이라 다시 만날 일은 없다고 생각했었다. 오랫동안 연락 없이 지내왔다. 병실에서 이야기하기엔 불편하다. 진통제를 맞아서인지 통증도 어느 정도 가라앉았다. 윤희의 부축을 받으며 병원 옥상 휴식터로 자리를 옮겼다.

"그동안 어떻게 지냈어? 지금 몸은 괜찮아?"

아무런 대답도 없다. 넋을 나간 사람처럼 무엇을 또렷이 보더니 양 볼에서 뜨거운 눈물이 흐르고 있었다. 수정 같은 물방울이 입가를 거쳐 턱 아래로 한없이 흐르고 있다.

"병원에서 뭐라고 하던데?"

고요한 정적만 흐르고 있었다. 한참을 지나서야 입을 열었다.

"난 이젠 시한부 인생이에요."

"이젠 온몸으로 전이가 되어 더 이상 손 쓸 수가 없다네요."

한숨이 나온다. 기구한 운명이야. 하늘도 무심하지. 불쌍한 사람에게 왜 이렇게도 가혹한지? 열심히 살겠다고 아등바등 악착같이 살았건만 결국엔 시한부 선고이라니 공평하지 않는 세상이구나.

윤희를 알게 된 지도 벌써 몇 년의 세월이 지났다. 교회에서 음악공부를 같이 하면서 알게 되었다. 합창 악기 연주하는 자원봉사단이다. 단원들 중 젊고 나이 어린 친구들이 다수이고 장년층에 나와 윤희 그리고 예순이 넘으신 분이 있었다. 자연스럽게 대화를 하게 되고 접촉할 일이 많아지면서 가깝게 지냈다. 대림동에서 맥줏집을 운영하는 사장님의 후배이고 나는 단골이었다. 종종 같이 가서 맥주를 마시면서 더더욱 거리가 좁혀졌다. 차차 시간이 흐르고 서로 호감이 있었다. 사랑이 싹 텄다. 하지만 이것 역시 잠깐뿐이다.

신중하게 고민하던 윤희가 냉정하게 거절을 했다. 결혼은 절대로 안 된다고 했다. 나중에 알았는데 그럴 만한 사연이 있었다.

윤희가 태어나 얼마 안 돼서 부모님이 이혼했다. 아버지도 어머니도, 친가나 외가도 윤희의 부양을 거절했다. 거절 이유는 아마도 선천적 질병 때문이었을 것이다. 결국 고아원으로 보내졌다. 어른들의 절대적인 보살핌이 필요하고 정성스런 관리가 필요함에도 불구하고 윤희는 혼자서 억척같이 살아남았다.

왜 태어났을까? 태어나게 했으면 건강하게 낳았어야지. 책임도 지지 않으면서 말이다. 자기네들 좋아서 결혼한 거지. 윤희의 선택 권한은 없었다. 이것이 운이고 명이다. 고약한 운명. 이미 결정된 운명이다. 시련과 상처도 채 아물기 전에 사형선고라니 이보다 더 가혹한 것은 없다. 이 세상에 올 때나 갈 때도 마음대로 되지 않았다. 나는 의지와 상관없이 저승으로 가는 길이 억울하고 아직 남아 있는 일들이 있다며 삶에 대한 욕망이 강했다. 하지만 어차피 언젠간 죽는다. 조금 빨리 죽는 거다.

더러운 세상이다. 저승사자도 무심하지. 세상의 그 많은 사람들 가운데 하필이면 왜 저 불쌍한 사람을 데려가려고 하는지 믿어지지 않았다. 저 몸부림과 절망을 대신할 수 있다면 기꺼이 넘겨받고 싶었다. 무엇을 어떻게 해야 윤희의 생명을 연장할 수 있을지 모르겠다. 좀 더 오랫동안 살 수만 있다면 기꺼이 역할을 바꿔 희망을 주고 싶은 마음뿐이었다. 윤희는 아무 말 없이 쭈르륵 쭈르륵 두 뺨으로 눈물을 흘리고 있었다. 흐느낌마저 없는 눈물은 더 아픈 눈물이다.

　뜻대로 행하는 세상은 없다. 우여곡절이 있어야 세상 사는 맛이 난다. 어쩌면 착각해서 살고 있는지도 모른다. 인생에서 시간을 되돌릴 수 있다면 절대로 후회되는 삶을 살지 않겠다고 맹세하지만 애처롭게도 만약이란 '가정법假定法'은 없다. 이번 만남은 고별이었다.

자기반성

인간은 무엇을 위해 사는 걸까? 삶의 목적은 무엇이고 하루하루가 고통스러운 삶을 지속해야만 하는 이유는 무엇일까? 과연 정답은 있을까? 묻는 문제의 정답을 풀어낼 수 있는 수학 문제처럼 완벽한 정답이 있을까? 진심으로 정확한 정답이 있기를 바랐다.

언제부턴가 무슨 일을 시작할 때나, 어떤 일에 부딪히거나 하면 머릿속이 복잡한 생각들로 가득 채워졌다. 두려움, 집중력 저하, 불안, 강박, 열등감으로 불필요한 생각들과 고민들이 뒤죽박죽 엉켜서 냉철함과 평온함을 찾기 어려웠다. 이것은 곧 집중력 저하로 업무 생산력을 떨어트렸다. 결국은 복잡한 감정에 시달리며 정신적 육체적 피로를 느꼈다. 이런 에너지 소비는 엄청난 비효율적이었다. 어떤 일을 해도 치명적이었다.

스스로 문제점을 개선하려고 관련된 책을 읽거나, 강연을 들으며 시간을 아끼지 않았다. 실패하려고 사업을 하는 사람은 없다. 실패를 위해 실패하는 사람은 더 없다. 이혼하려고 결혼하는 사람도 없다. 달콤함, 황홀한 사랑을 위해 사랑을 하는 거다. 그것이 인생을 사는 이치다.

때로는 삶에서 실패가 꼭 나쁜 것만은 아니다. 어쩌면 실패가 삶의 한 장면이고 삶의 필요한 양념이다. 다만, 성공 없는 실패만 있으면 문제는 조금 다르다.

자신감이 없으면 삶에 희망이 없다. 희망은 곧 삶의 꿈이다. 희망과 꿈이 없는 삶은 아무런 의미가 없다. 삶엔 분명히 의미가 담겨 있다. 삶의 의미를 모르는 사람은 살짝 넘어져도 다시 일어서기 어렵다. 자신감이 없다는 것은 삶의 의미도 없다는 것과 같다. 엎어져 이마가 깨져도, 다리를 다쳐 쓰러져도 강인함으로 스스로의 힘으로 일어나야 한다. 그래야 비로소 의미가 있다. 이것이 자신감이다.

비록 사업에 실패를 했지만 인생이 실패한 것은 아니다. 실패를 두려워하는 것보다 더 무서운 것은 자신감 부재였다. 삶의 변곡점에서 나이가 조금씩 먹어가면서 느낀 점이 있었다. 자신감이 없으면 자존감은 논할 것도 없이 존재감이 없다. 마치 유령처럼 비쳐지는 것이다.

전에는 이 친구, 저 친구, 남들은 다 잘되고 있는데 나는 아직도 헤매고 있다는 자괴감에 빠져 있었다. 아무도 나를 이해해주지 않는 것 같아 슬프고 외로움에 고통스러웠다. 자괴감은 삶을 갈기갈기 찢어 놓는 치명적인 감정 중에서도 아주 고약한 것이다. 자괴감은 자존감과 자신감이 없는 데서 유발된다.

이러한 자괴감에서 벗어나기 위해서 사람과 사람을 비교하지 않으며 남들과 나의 삶을 비교하며 시간을 허비하지 않기로 했다. 현실을 직시하고 내가 사는 모습 그대로 받아들이고 자신을 사랑하기로 했다. 자신을 사랑할 줄 알아야 자존감을 지키며 자신감을 키울 수 있었다. 자신감이 생기면 힘든 상황에서도 담대하게 받아들이고 힘들다고 자포자기自暴自棄는 않을 것이다.

지금 나는 제2의 인생을 위해 새로운 도전을 하고 있다. 자신감을 찾았기에 새로운 도전이 가능하다고 굳게 믿고 있다. 물론 본업인 노트북 수리를 완전히 접어둔 것은 아니지만 자신감에서 생기는 열정적인 모습에 단골 고객들이 찾아든다. 교통사고 후유증으로 더 이상 메인보드 기판수리를 직업으로 할 수 없기에 접었다. 그럼에도 불구하고 나를 믿고 찾아주시는 고객들에게 감사하다. 남들에게 믿음을 주는 것만큼 감동적인 것은 없다. 그것이 바로 나의 존재감이기 때문이다. 최선을 다해 수리를 해드리고 만족하는 고객들의 미소를 보면 뿌듯하다. 이 순간이 행복한 것이다. 이 모든 것이 열정과 자신감에서 나오는 것이다.

쓰러졌으나 다시 일어서는 경험을 통해 자신감 없이 자괴감에 빠진 그들과 함께 성장하고 싶어 지금 책을 쓰고 있다. 꿈이 있고 희망이 있다는 세상을 보여주기 위해 나의 작은 경험을 보태려고 한다. 쓸모 있는 사람이라고 생각하는 이 순간 진짜 행복이 느껴진다.

희망? 웃기고 있네

　희망이란 소원했던 일이 성사되길 바람이다. 누구나 희망을 가질 권한이 있다. 인간은 희망을 품고 사는 것이 마땅하다. 희망은 삶의 활력소다. 희망이 있어야 삶에 의미가 있기 때문이다. 다만 모두에게 적용되는 것은 아니다. 불치병으로 사형선고를 받고 시한부 삶을 사는 사람들, 절체절명 구제불능인 삶의 의미가 없는 사람들, 이들은 희망을 갖고 살기엔 너무 늦었다. 삶을 포기하는 사람도 희망이 없기는 마찬가지다.

　사업실패는 경제적 파산이다. 개인 또는 가정에 치명타다. 이는 가족을 부양할 수도, 자식을 교육할 수도 없는 난관에 부딪친다. 이성적이지 못한 감정으로 부부의 불화는 파국을 면치 못한다. 결국엔 가족해체이고 가정몰락이다. 나도 진심으로 가정을 사랑했고 그 사람을 사랑했다. 어떠한 수난을 겪을지언정 이별까진 생각 못했다. 그의 탓이 아니라 모두 내 탓이다. 못다 한 사랑에 아팠고, 이별의 슬픔은 먹먹함으로 통증이 찾아왔다. 상의 한마디 없이 어린 생명을 포기한 것은 큰 아픔이고 죄악이었다. 그 슬픔은 절대 가시지 않고 지금도 때때로 동반해오는 큰 고통이다.

불굴의 의지로 노력하고 노력해도 이룰 수 없는 것들을 우리는 불가능이라고 한다. 엄청나게 노력하고 집중한다고 해서 무조건 성공하는 건 아니다. 열정과 재능이 있으나 노력하고 노력해도 안 되는 건 어쩔 수 없다.

나는 패배주의가 만연하고 피해의식이 가득 차 있었다. 세상을 한탄하고 스스로 궁지로 몰아넣은 측면도 없지 않았다.

인간은 환경에 따라 성격마저 변하게 된다. 그 성격의 차이가 인간관계를 좌우한다. 일을 잘하려면 인간관계를 잘 풀어야 한다. 거미줄처럼 얽힌 인간관계는 일의 성공과 실패에 있어서 매우 중요하다. 사람 간 대화는 소통하고 이해하기 위한 것이다. 서로의 차이를 인정하고 상대를 바꾸어놓으려 하는 것이 아니라 공감해주는 것이다. 공감해주는 것보다 따뜻한 거래는 없다.

세상을 살면서 남을 의식하지 않을 수 없다. 그렇다고 매사에 남을 의식해서 살라는 건 결코 아니다. 반면에 법을 무시하고 위반하면서 제멋대로 살라는 것도 절대 아니다. 함께 사는 세상에 인간만이 지키는 법이 있다. 양심, 이해, 포용, 공감 등은 상식선에서 원칙적으로 공감대를 형성하고 있다. 인간은 연약하기 때문에 서로 소통하고 공감하고 살아야 한다. 상대를 소외시키고 괴멸하고자 하는 짓은 결국 자신이 소외되고 자멸하는 결과를 가져온다.

거의 죽음을 경험한 이후에 "인간관계를 잘 풀어야 한다"는 말이 지당함을 새삼 느꼈다. 삶이 가난하고 어려워서 아픈 것이 아니라 가난하다고 비아냥하는 것이 더 아팠다. 결혼 안 한 것이 슬픔이 아니라 저 꼴이니 결혼 못 했지라고 판단하는 촉이 느껴지면 더 큰 상처가 되었다. 소외돼서 서러운 것이 아니라 부족한 사람처럼 취급하는 것이 더 서러웠다. 사람들은 뒷담화하는 것이 삶의 일부분이 되었다. 심각한 문제다. 이는 정서적으로 불안한 사람들의 행태이다. 타인의 뒷얘기는 그 사람의 삶을 통째로 바꾸어놓을 수 있고 심지어 죽음으로 몰아넣을 수 있다. 우리는 각자 본인의 삶이나 열심히 살아야지 타인의 삶을 걱정할 처지가 못 된다.

　우리는 어린 시절부터 꿈과 희망을 품고 성장했다. 그 꿈은 직업과 연결되었고, 직업 선택은 인생의 성패를 좌우했다. 우리는 좋아하든 싫어하든 직업을 선택하면 열심히 잘하려고 한다. 그래서 우리는 사회적응에 필요한 기능을 갖추려고 학교 다니고 공부하고 내성을 키우며 성장해왔다. 하지만 명문대 졸업하고 뛰어난 재능이 있다고 해서 일을 잘하거나 성공하는 건 아니다. 타인들과 소통하면서 인간관계를 잘하는 것이 재능 못지않게 매우 중요하다.

　사람이 혼자만 살 수 있는 세상은 아니다. 혼자서 할 수 있는 일은 많지 않다. 직장에서 가정에서 사회 조직에서 타인과 소통하면서 공감하면서 원만한 인간관계를 유지하는 것은 아주 중요하다. 무슨 일이든 직무를 잘하려면 동료들이 서로 도움을 줘야 한다. 도움은 원만한 우호적인 관계에서만 가능하기 때문이다. 아무리 좋은 직장이라도 동료, 상사들과 관계가 나쁘면 일을 잘할 수 없고 직장에서 오래 근무할 수 없다. 직장 동료, 상사, 고객, 거래처 사람들과 잘 어울려야 하는 일도 잘되기 때문에 인간관계를 잘 맺어야 한다.

다만 주의할 것은 상대를 자기 입맛에 맞게 바꾸어놓으려 해서는 안 된다. 바꾸어놓을 수도 없고 바꾸어지지도 않는다. 사교의 달인이라도 속마음을 완벽하게 감출 수는 없다. 인간관계에서 소통의 비결은 서로 마음을 주는 것이다. 방황하던 시절, 나는 일이 잘 풀리지 않는다고 원망만 하고 살았지, 속마음을 터놓고 의논을 한다거나 조언을 들으려고 시도하지 않았다. 세상을 원망하고, 나만의 작은 틀에 갇혀 살았기에 실패할 수밖에 없었다. 이제는 나를 바꾸기 위한 도전의 시간을 꾸준하게 갖기를 애쓰지만 쉽게 바꾸어지지 않음도 시인한다.

지금은 마음을 열고 귀를 열고 주변의 조언에 귀 기울인다. 나를 늘 일깨워주었던 선배이자 1살 위인 이우승 형은 말했다.

"희망은 잃는 것이 아니라 찾아가는 것이다. 희망은 스스로 만들어가는 것이고 창조해내는 것이다. 희망을 가지면 꿈은 사라지는 것이 아니다. 꿈이 이루어지는 것은 자기자신에게 책임이 있다고 했다."

20년 넘게 수리업에서 동고동락한 동업자와 같은 지인이다. 수리업계에서 꽤나 유명하며 누구나 존경하는 노력파요, 열정적인 수리 전문가이다. 심지어 청각장애 2급이다. 수리에서 청각장애는 여러 문제에 불편이 따른다. 수리에도 오각이 필요하기 때문이다. 그중 시각, 촉각, 청각이 매우 중요한 역할을 한다. 우승이 형은 청각이 좋지 않으니 큰 문제다. 그러나 형은 자기만의 특별한 음향 측정 방법을 알고 있다. 항상 긍정적이고 희망을 품고 열정적인 노력으로 신체장애 불편요소를 극복하여 국내 일류 수리 전문가가 되었다. 형에게 제일 큰 문제는 전화나 대화로 하는 소통에 제한이 있어 영업이나 마케팅을 할 수 없기에 홍보에 치명적이라는 것이다. 이 결점을 극복하기 위해 가장 좋은 홍보효과를 선택했다. 바로 입소문이다. 형은 겸손하고, 늘 희망을 품고, 긍정적인 마인드를 인정받아 입소문으로 많은 고객층을 보유하고 있다.

교통사고로 쓰러진 후, 나를 돌이켜보았다. 자세히 들여다보았다. 진짜 나의 모습을 알기 위해. 그때의 나는 자신감과 자존감은 찾을 수 없었다. 꿈과 희망도 없었다. 삶의 의지와 용기마저 없었다. 스스로 자포자기하며 자신을 낭떠러지에 밀어놓은 삶을 살았음을 깨달았다. 준비도 없이 시작한 사업, 나약한 정신력, 무모한 행동, 돌이킬 수 없는 추락에는 여러 가지 원인이 있었다. 세상을 우습게 보았고, 나를 속이며 현실을 왜곡했다. 세상을 다 안다고 교만했고, 나 자신을 잘 안다고 믿었으며 내 판단이 곧 정답인 줄 알았다. 결국 희망과 꿈도 없었고 왜곡과 탓만 있었다. 그리고 술잔을 기울였다. 이렇게 공든 탑이 무너진 후에야 자신을 돌아보는 시간을 가졌다.

이제 나는 깨달았다. 세상을 몰랐고, 나를 몰랐고, 사색도 몰랐다. 청각장애를 극복하고 수리업계에서 최고로 인정받는 이우승 형의 삶에서 긍정의 삶이 어떤 것인지, 희망과 꿈을 이루기 위해서는 어떤 자세로 살아야 하는지 깨달음을 얻었다. 형과 함께했던 내 삶에, 깨달음을 준 형에게도 감사한다. 나는 희망을 알게 되었고 희망을 품고 꿈을 향해 다시 일어서려 한다.

사는 게 뭔지

"사는 게 뭔지?" 누구나 삶에서 이런 말을 한 번쯤 했을 거다. 생명이 주어졌으니 열심히 사는 게 세상도리다. 어린 시절엔 누구나 꿈과 희망으로 가득 차 있다. 과학자, 대통령, 선생님, 경찰, 장군, 운동선수, 검사, 판사, 의사, 시인, 사업가 등등. 훨씬 더 많은 꿈과 희망으로 무한한 상상력을 자아낸다. 어린아이는 생각하는 대로 그림을 그리듯 꿈을 정할 수 있다.

누구나 원대한 꿈을 가질 수 있다. 많은 꿈을 가지는 것도 나쁘지 않다. 하지만 성장하고 공부하고 사회를 학습하고 생각이 바뀌면서 스스로 알게 된다. 하고 싶은 일, 가지고 싶은 것들을 아무리 노력해도 가질 수 없다는 것, 열심히 해도 안 된다는 것을 느끼게 된다. 대학 졸업할 나이쯤 되면 세상이 호락호락하지 않다는 것, 선택할 수 있는 직업이 많지 않다는 현실을 받아들인다.

인생은 희망 목록을 하나씩 지워가는 과정인지 모른다. 20대에는 뭔가 할 수 있다는 열정이 있다. 성공하고 싶은 욕망이 할 수 있다는 자신감으로 불타오르고 있다. 그런데 요즈음의 20대는 취업 때문에 아픔만을 안고 있다고 한다. 이 사실을 모르는 바 아니지만 일상의 표현을 따라 열거해본다.

30대는 사회 적응시대라고 할 수 있다. 직장에서나 사회에서나 자기 멋대로 할 수는 없다. 어떤 사회이든 조직이든 상식으로 통하는 지켜야 할 법이 있다. 자기 인생이라고 상식을 지키지 않으면 낭떠러지에 떨어짐을 피하기 어렵다. 포부도 크고 열정이 넘친다. 하지만 자기 생각과 다르다고 사사건건 부딪치고 흥분하게 되면 인생관이 흐트러진다. 이때가 아주 중요한 시기다. 직장에서 충동적인 사표를 내거나 사회에서 잘못된 행동으로 이탈해서 배척당하면 인생도 삶도 망가진다.

불혹인 40대가 되면 인생을 바꾸려고 삶을 새롭게 설계하기 어려워진다. 40대 50대 후에도 인생 설계를 다시 짜서 성공한다면 행운이 따른 사람이다. 그렇다고 절대 늦거나 안 된다는 건 아니다.

100세 시대인 요즘 인생은 60세부터라고 했던가. 나이가 들고 정년퇴임 후 제2의 인생에서 자신이 하고 싶은 것, 꿈을 품고 못다 한 것을 일상에서 즐기면서 할 수 있는 직업을 선택하면 좋은 일이고 바람직하다. 제2의 인생을 청춘으로 다시 산다는 것은 존경받아야 하고 축복받아야 한다.

나이 마흔에 인생을 논하긴 부적절하다고 느껴진다. 살아온 시간보다 살아갈 시간이 더 많이 남아 있다. 이 책을 쓰면서 지난날을 되새겨보았다. 보잘것없는 삶, 만감이 교차했다. 무엇을 이루었다고 보여줄 것이 없다. 바람직하고 잘한 일들보다 실패하고 후회한 일들을 백지를 가득 채웠다. 바람직하고 잘한 일들은 백지 반쯤에서 멈추었고 실패와 후회한 일들만으로 백지를 한 장 두 장 수없이 채워졌기 때문이다. 실패와 후회로 가득 찬 백지 위 글들은 우여곡절이 많음을 나타낸다. 30대는 굵직한 곡절이 많았던 10년 세월이다. 폐인처럼 방황했던 시간 자숙하며 치유했던 시간, 열심히 살았던 시간, 되돌릴 수 없는 비루한 삶이었다.

죽을 수 없으면 다시 열심히 살아야만 했다. 뭐라도 해야 했다. 일용직, 건설현장일도 찾아봤다. 마지막 기회라고 닥치는 대로 일을 했다. 하지만 이것도 뜻대로 되지 않았다. 하려는 열정이 부족한 것도 아니었다. 일이 싫어서 게으름 피운 것도 아니었다. 가는 곳마다 하는 일마다 30분도 안 돼서 반장이나 팀장에게 퇴짜를 맞았다. 한이 맺혀 넋이 나간 듯 가방을 메고 집으로 되돌아간 날이 한두 번이 아니었다. 일을 안 하는 것이 아니라 일을 할 줄 모른다는 게 퇴짜 이유다. 40평생 일용직이나 건설현장 등 노무 일을 해본 적이 없다. 건설현장에는 사고위험이 도처에 도사리고 있다. 팀으로 이루어 현장 일을 하는데 일을 못하는 한 사람 때문에 팀 전체 능률이 떨어진다. 당연히 일에 방해가 되고 팀에 도움이 안 된다.

할 줄 아는 게 노트북 수리뿐이다. 메인보드 기판수리는 최소한의 수리 테이블 공구, 장비 공간이 있어야 하는데 사무실 임대는 엄두도 못냈다. 간간히 소개를 받아서 자택에서 수리하곤 했다. 제한된 아르바이트다. 인생에서 이런 일이 생길 줄은 상상도 못했다. 현실을 맞닥뜨리니 당혹스러울 뿐이다.

식당일도 찾아봤다. 택배기사, 대리기사, 중국집, 전단지 배포 등 할 수 있다고 생각했던 직업은 다 찾아봤다. 모두 헛수고였다. 받아주는 곳이 없었다. 할 수 있는 것이 없었다. 늘 그랬었다. 비아냥거리듯 하는 다른 사람들의 눈초리가 싫어서 어쩔 줄 몰랐던 경우도 많았다. 잘 풀리지 않는 인생 때문에, 일하는 방법을 잘 모르는 데다가 대인기피증도 있어서 걱정됐다. 자존감 부족인지 자신감 부족인지 주눅들 때도 많았다. 비루한 삶에 시달리면 당혹할 때도 있었고 당황해서 어찌 할 바를 모를 때도 있었다.

책, 신문 대신 《벼룩시장》, 《가로수》 등을 읽었다. 수많은 구인구직 목록에 선택할 수 있는 항목이 별로 없었다. 무심코 훑어 읽던 중 '우유배달 기사 채용'이란 구인광고가 있었다. 우유배달이면 우선 아침 새벽에 배달을 완료해야 되고 운송수단은 오토바이다. 곰곰이 생각을 했다. 다른 건 몰라도 오토바이 운전은 잘한다. 신경도 예민하기 때문에 새벽에 일어나는 건 문제가 될 수 없었다. 다만 돈을 주고 우유를 배달시켜 드시는 고객들한테 약속을 확실하게 지켜야 한다. 할 수 있다는 생각에 망설임이 없었다. 바로 전화를 걸어 면접을 했고 다음날 일을 시작했다.

하루도 빠짐없이 3개월 넘게 했다. 도로도, 우유 넣을 곳 입구도,

익숙해지고 배달 시간도 단축되었다. 우유배달만 해서는 먹고살기엔 부족했다. 우유배달 끝나는 시간이 새벽 5시전이다. 조금 애매한 시간이다. 새벽 시간에 좀 더 할 수 있는 일이 있을까 찾아봤다. 신문배달을 하면 딱 맞춤이었다. 우유 신문 배달을 새벽 3시간이면 충분했다. 낮에는 쉬지 않고 본업인 노트북 수리를 했다. 일감이 많지는 않았다. 자본이 들지 않고 홍보를 할 수 있는 것부터 했다. 블로그, 카페, 지식인으로 시작했다. 열심히 했다. 그러자 전화 문의가 조금씩 늘었다.

오직 살기 위해 열심히 했다. 수리 문의가 늘면서 일도 조금씩 늘었다. 최소한의 수리공간이 절실했지만 임대료 비용이 없었다. 그런데 지성이면 감천이라 했다. 핸드폰에서 메시지 알림 소리가 났다. '아무개 씨 입금 삼백만 원' 통장 입금 알림이다. 놀랐다. 이상했다. 입금자명이 모르는 분이다. 입금 상세내역을 확인하고서야 누구인지를 확신했다. "○○○ 0409"로 입금자명이다. 아무개는 모르나 0409는 잊히지 않는 숫자다. 먼 곳으로 간 사람이다. 다시는 오지 않을 사랑이다. 이 돈을 써야 할지 말아야 할지 고민했다. 공구 구매, 한 달 치 임대료까지 충분했다. 분명 이 자금으로 최소한의 준비로 새롭게 다시 시작하라는 명령이다.

신림역 사거리 양지병원 근처에 작은 사무공간을 임대했다. 새벽에 우유배달 신문배달하고 낮에는 수리를 했다. 노트북 수리 업무시간은 오전 9시에 시작해 오후 6시에 마무리 했다. 욕망이라는 고속철은 멈추지 않았다. 한없이 달린다. 기꺼이 오후 6시에 끝나고 쉬어야 되는데 또 다른 배달 일을 시작했다. 수리실 바로 옆집이 피자 가게다. 피자집 사장님과 알게 모르게 시간이 지나면서 자연스럽게 인사할 정도로 대화도 오갔다. 배달 직원들이 자주 결근해서 저녁 바쁠 때는 일손이 부족하다고 했다. 오후 6시 퇴근하니 시간이 있었다. 처음에는 바쁠 때 대타로 배달을 해주다가 나중에는 오후 6~12시까지 정식으로 배달을 했다.

피자배달은 처음이다. 사장님은 피자배달은 우유배달 신문배달과는 다르다고 했다. 우유 신문 배달은 약속시간에 미리 정해진 배달통에 넣어주면 된다. 반면에 피자배달은 배달 시간 최소화가 생명이라고 한다. 여름철에는 사정이 조금 났지만 겨울철에는 최악이라고 한다. 치즈가 주원료인 피자는 최대한 식기 전에 빨리 배달되어야 한다. 치즈가 식으면 피자의 본맛이 없어지기 때문이다. 그래서 피자 주문 받을 시 배달예정 시간을 정확히 말해준다. 피자 주문 취소를 최소화하기 위해서다.

피자 주문 취소는 많았다. 피자 주문 고객층은 젊은 직장인, 학생들이 절대 다수다. 젊어서인지 아니면 피자 맛을 알아서인지 시간에 굉장히 예민했다. 피자를 완성하고 배달까지 대충 5~30분 정도 걸린다. 거리에 따라 배달시간이 다르다. 음식배달은 5~30분 사이는 기다려줘야 한다. 최소한 만드는 시간과 배달시간이 필요하다. 그러나 젊은 고객들은 30분은커녕 심지어 5분이 조금 지나도 취소하는 경우가 있다. 취소하면 직원들이 먹거나 아니면 고스란히 쓰레기통으로 직행한다.

피자 배달부를 해본 나의 생각은 이렇다. 음식을 만들고 배달까지는 어느 정도 시간이 필요하다. 그러나 주문 후 30분 안에 배달 완료를 요구하기 때문에 오토바이 배달원들은 시간에 쫓겨 잦은 사고가 발생해 뉴스에 오르내리고 있다.

편안하게 집에서 배달음식을 먹으려면 기다릴 줄 아는 수양도 필요하다. 이 음식이 어떤 과정을 거쳐서 왔는지 생각해보길 부탁한다. 유치원에서 음식을 앞에 두고 기도했던 적이 있을 것이다. 적어도 "이 음식이 어디서 왔는가 나 받기 부끄럽네"까지는 아니더라도 "이 귀한 음식을 감사히 먹습니다." 정도는 해줘야 하지 않을까 생각한다.

피자의 치즈가 식어도 먹는 방법이 따로 있다. 전자레인지에 1분 정도만 데워도 충분히 맛있는 피자가 된다. 물론 뽀글뽀글 오븐에서 금방 나온 피자 맛에 조금 떨어지지만 피자를 못 먹거나 버릴 정도는 아니다. 본인이 직접 만든 피자라면 치즈가 조금 식었다고 버리겠는가? 조금만 양보하고 생각하면 참으로 아름다운 세상이 될 텐데 아쉬움을 느꼈던 것이 많아서 글이 길을 잃었지만 이런 일은 없기를 바라며 이어 적어본다.

이런 경우도 있었다. 한파로 추운 겨울에 배달하려 도착하면 잠깐 외출중이라고 문 앞에 계단 위에 두고 가라고 한다. 추운 겨울에 차가운 시멘트 위에 놓으면 5분이 아니라 1분이면 치즈가 얼어붙은 것처럼 딱딱해진다. 외출하고 돌아오면 피자 전문가가 아니기에 데워서 먹는 방법을 모를 수 있다. 염치가 있는 건지 없는 건지 영민한 친구들은 매장에 전화하는 게 아니라 바로 프랜차이즈 본사로 전화를 한다. 본사 입장에는 브랜드 가치 때문이라도 바로 환불하거나 새로 만들어서 배달할 것을 가맹점에 지시한다. 결국은 가맹점만 봉변당한다.

사는 게 뭔지. 피자 한 판 그리 큰 금액이 아니다. 하지만 이런 문제들이 많을수록 가맹점은 피해를 보고 결국 문을 닫는다. 가맹점 없는 프랜차이즈도 폐업을 하게 된다. 피잣집 없으면 그 좋아하는 피자도 주문을 할 수 없다. 결국은 소비자도 피해자고 가맹점도 피해자고 프랜차이즈 본사도 피해자다. 작은 배려로 모두가 피해자가 되는 결과를 막아주고 예방할 수 있다. 생각의 작은 변화가 세상을 아름답게 바꾼다.

태어날 때는 모두가 완벽한 존재감을 갖고 공평하게 태어나지만 성장하면서 살아가면서, 인생도, 삶도, 과정도 우리는 서로 다르다는 것을 알게 되었다. 대부분의 성공한 사람들의 공통점이 사랑에 대한 정확한 이해와 태도에 있다. 가족에 대한 사랑은 물론이고 자기자신을 사랑한다는 것이다. 놀라운 것이 자기에 대한 사랑은 항상 0순위라는 것이다. 진정 사랑을 알고, 사랑할 줄 알고, 사랑 나눌 줄 아는 것이다.

내가 모자라고 부족하더라도 나를 사랑으로 보호해야 한다. 그 누구도 나를 사랑하지 않는다고 해도 나는 나를 사랑하겠다고. 나를 사랑할 줄 알아야 남을 사랑할 줄 알게 되는 것이다. 사랑이 없으면 성공도 행복도 없다. 나를 바로 세워야 더 넓은 시각을 갖게 되고 나와 가족에서 벗어나 이웃을 보는 눈이 생겨 나눌 수 있는 사고의 변화가 생긴다.

시작, 실패, 희망
다시 적어본다

한 사람의 인생을 평할 때 성공과 실패로 논한다. 결과는 다르지만 모두 삶의 일부분이고 과정이다. 짜릿함과 쓰라림으로 삶의 희비가 엇갈린다. 결과에 따라 한 개인의 덕목과 교양, 인격의 호불호를 편가르는 건 슬픈 일이다. 그런데 결과를 가치화하고 상품화하는 건 불행함에도 불구하고 지금의 현실이다. 삶은 더 경쟁하고 치열해진다.

실패에 대한 어록은 좋은 말로 잘 포장되어 있다.

"실패는 아직 성공을 못 했을 뿐 성공을 못 한다는 건 아니다."

"실패는 더 이상 실패가 아니라 또 하나의 인생 선물이다."

"실패는 성공의 방법을 몰랐다는 것일 뿐 실패는 성공을 기다리는 것이다."

예전엔 전혀 위로가 되지 않았으나 나도 나이를 먹고 성장을 해서 인생을 알아가는 건지 한편으로는 수긍하고 맞는 말이라고 동감한다. 성공한 사람들의 일화를 듣다 보면 실패가 없는 성공은 정말 없었다.

나의 생각에 변화가 일었다. 실패는 무언가를 시도했음을 의미하므로 나쁜 것이 아니었다. 나의 사업 실패는 도전도 못 하고 시작도 안 하는 것보다 백 배, 천 배, 천만 배 나았다. 이제 나는 다음과 같은 글을 새기고 있다.

"성공이 말했다. 성공할 수밖에 없다고. 왜? 성공의 방법을 아니까. 포기란 없기 때문이다."

컴퓨터 배우기

성공은 없었다. 그래도 변하지 않는 두 가지가 있다. 살고 있다는 것. 노트북 수리를 하고 있다는 것. 다만 집중력이 떨어지고 시력이 떨어져서 기판 수리는 포기할지 모르겠다.

컴퓨터 메인보드 수리든, 냉장고 메인보드 수리든, 산업장비 수리든, PCB기판 수리는 전문적 지식과 기술의 집합체다. 서점에서 판매하는《메인보드 회로수리 무작정 따라 하기》책 한 권으로 해결될 문제가 아니다.

수리기술을 완벽히 터득하는 것은 불가능하다. 일반적인 컴퓨터 A/S 기사, 에어컨, TV 등 생활 가전 A/S 기사들의 A/S하고는 완전히 다른 개념이다. 그래서 노트북 전문 수리, 가전 전문 수리점이 따로 있다.

어느 날 형님이 나한테 컴퓨터를 배워보라고 했다. 형님은 나를 꿰뚫어본 듯하다. 나는 학구 열정은 매우 높은 편이다. 바둑, 장기 공부를 하면서 연구하는 열정, 정밀하고 고도의 집중력, 끈질긴 인내심이 몸에 배어 있다. 컴퓨터 배우는 것도 나쁘진 않겠다고 생각했다. 내 적성에 맞는 듯했다.

새로운 시작으로 컴퓨터를 배우겠다는 욕심에 며칠동안 잠을 이루지 못했다. 물론 컴퓨터를 배우려면 컴퓨터가 있어야 한다. 하지만 컴퓨터 구입할 돈이 없었다. 당시 컴퓨터 586PC 중고조립가격이 60만 원 정도였다. 웬만한 사람의 한 달 월급이었다.

하루는 형님의 지인이 집에 찾아왔다. 눈으로 보고도 의심을 가졌다. 난생처음 보기만 했던 컴퓨터가 내 앞에 놓여 있었다. 형님이 나에게 준 귀중한 선물이었고 지금의 내가 좋은 기술직을 갖도록 해준 원동력이 됐다. 형님의 한 달 월급이 고스란히 들어갔다. 오직 살기 위해 컴퓨터 직업을 선택했고, 컴퓨터를 배우기 위해 몸부림치듯 노력했다.

처음 인터넷에 접속했을 때가 지금도 기억에 생생하다. 신기했다. 서로 모르는 사람들이 TV처럼 생긴 새까만 모니터 앞에 앉아서 글을 입력해서 대화를 했다. 세상이 달라졌다고 모두가 감탄하던 시절이었다.

지금의 인터넷하고는 완전히 달랐다. 당시 PC통신에 접속하려면 집에 있는 전화선을 컴퓨터에 연결해서 모뎀을 통해 접속했다. 인터넷 랜선이 없을 때이니 당연히 인터넷이란 단어도 없을 때였다. 전화선을 연결하는 것이 전부였고 통신비도 전화비용으로 충당

했다. 비용도 비싼 데다가 통신을 할 때는 전화사용도 안 됐다. 얼마 후 천리안 PC통신, 두루넷 PC통신 등 업체에서 제공하는 접속 프로그램을 통해 인터넷에 접속했다. 초기 인터넷 통신은 파일을 주고받고 영화보기는커녕 동영상, 음악파일을 전송하는 것도 없었다. 단순히 새까만 모니터 화면에서 오직 글자로만 입력이 가능하고 글로써 소통이 가능한 통신이었다.

막상 컴퓨터를 배우려고 하니까 막막했다. 컴퓨터 활용 범위가 너무 다양하고 모든 산업에 컴퓨터와 연동이 필수인 데다가 컴퓨터 과정은 분야별로 전문가 과정이 있었다. 컴퓨터 "컴" 자도 몰랐으니, 어떤 분야를 선택해야 할지 막막해서 일단 컴퓨터 학원부터 다녀보기로 했다.

때마침 형님의 소개로 형님 회사의 하청업체에 임시직으로 취직을 했다. 고가구 수출대행 포장회사다. 가구 포장일은 힘들었다. 옛날 고가구古家具들이 가격도 고가高價이고 대부분 못이 없고 도색한 가구 때문에 색이 벗겨질까 조심스레 작업을 해야 했다. 포장한 가구는 매일 컨테이너에 실어서 수출했다.

당시 집은 이태원에 있었고 회사는 거여동이다. 일부러 학원을 회사와 가까운 거리에 있는 천호동 컴퓨터 학원을 선택했다. 월급은 적었지만 아껴 쓰고 절약하면 학원비에 교통비까지는 충당할 수 있었다. 생활비가 조금 부족한 터라 술과 담배도 끊었고, 친구들마저도 교류가 적었다.

처음에는 컴퓨터와 익숙해야 함으로 컴퓨터의 기본기초적인 교육을 받았다. 컴퓨터 바람이 초기여서 학원마다 새벽반, 오전반, 오후반 등 다양하게 직장인들에 맞춰서 교육시간도 많았다.

새벽 5시에 조금 넘어서 지하철 5호선 첫차를 타기 위해 거여역에 도착했다. 천호동 학원까지 지하철 타고 내려서 걸으면 30분 정도 소요됐다. 아침 6시에 교육시작이다. "컴" 자도 모르는 사람들이 모여서 컴퓨터를 배운다고 하니 웃지 못할 일도 발생했다. 지금도 기억에 생생한데 수강생들에게 서로 공감 가는 부분은 컴퓨터를 배우는데 늘 알아듣기 힘든 컴퓨터 전문용어들이다. 너무 생소하고 무슨 뜻인지도 모르니 묻고 또 묻고, 잊어버리고 또 묻는 일들이 자주 발생했다.

컴퓨터 학원답게 모든 과제는 컴퓨터로 했고, 가끔은 통신으로 숙제를 했다. 메일 가입을 하는데 메일이 뭔지도 몰랐으니 하나하나 강사님이 가입을 도와주었다.

지금은 네이버나 구글이나 다양한 포털사이트 서비스업체들이 많았지만 당시는 외국 업체는 야후이고 국내 업체는 다음이 고작이었다. 또한 서비스가 완벽하지도 않았고 서비스 영역도 제한적이었고 당시 포털은 모든 것이 무료 서비스로 기억이 된다. 광고, 지도, 앱 같은 것도 없었는데 차후에 생긴 서비스들이다. 윈도우 98이란 새로운 운영체제가 개발되고 사용되면서 메신저 등이 개발됐고 이어폰으로 음성 채팅을 간단하게 할 정도였다.

새벽반 6시 수업을 선택한 이유는 학원이 끝나면 바로 회사로

출근을 하고 오후에 퇴근을 하면 도서관이나 집에서 컴퓨터 공부를
할 수 있도록 시간을 효율적으로 활용하기 위해서였다. 매일 아침
부터 오후 늦게까지 생업과 교육을 동시에 병행했다. 이렇게 학원
에 다닌 지 6개월 정도 됐을 때 어느 정도 컴퓨터 활용도 할 수 있
었고 컴퓨터를 조금 알기 시작했다. 나에게는 시간이 많지 않았다.
처음에는 1년 정도 다니면 취직을 될 것처럼 생각했는데 막상해보
니 멀고도 험난한 배움의 역사였다.

　이제는 컴퓨터 분야를 구체화하기 위해 컴퓨터 전문가 영역을
선택해야 한다. 컴퓨터는 크게 두 가지로 분류된다. 하나는 하드웨
어이고 다른 하나는 소프트웨어이다.

　하드웨어와 소프트웨어를 세분화하면 책 한 권을 써도 부족할
정도로 분야가 많다. 컴퓨터 A/S, 수리, 개발, 설계, 기획, 디자인, 프
로그램, D/B구축, 네트워크 구축 등 너무도 다양한 영역으로 분류
된다. 선택을 해야 되는데 전문지식이 없고 컴퓨터를 잘 모르니 선
택하기가 더욱 어려웠다. 조급함에 더해 빨리 취직하고 싶은 마음
에 갈팡질팡하기도 했고, 개발도 하고 싶고 디자인도 하고 싶어 우
왕좌왕 몇 개월을 보냈다. 컴퓨터 분야 중 어느 하나 쉬운 것이 없
었고 어느 하나 쉽게 배울 수 있는 것도 아니었다.

　생활비, 교통비, 학원비를 조달하기 힘들어 나중에는 아예 회사
창고에서 숙식을 해결하면서 다녔고 근본적으로 월급이 적다 보니
한동안 한 끼는 라면으로 해결했다. 그때 먹은 라면이 질렸는지 지

금은 라면을 먹지 않는다. 지하철비가 아까워서 몇 정거장 거리는 도보로 가기 일쑤였다. 마음은 급하고 공부시간은 필요했고 책 구매 비용이 아까워 매주 일요일은 교보문고로 출근했다.

마침내 컴퓨터 정비사 전문가과를 선택했다. 열심히 공부에 매진했다. 이제는 실전이 필요했다. 공부는 어디까지나 이론이다. 실전경험이 부족하여 취직에는 커다란 장애로 작용했다.

미래를 보고 컴퓨터를 선택했고, 배운 것을 활용하려면 컴퓨터 회사에 취직밖에 없었다. 애석하게도 이론으로만 무장된 학원출신은 받아주는 곳이 없었다. 세상은 어두워 보였다. 허망했다.

'이 넓은 세상에 나 하나 앉아서 일할 곳조차 없구나!'

세상은 두렵고 벽은 높았지만 포기할 수는 없었다. 포기하면 험한 인생길에서 아직 시작도 못 했는데 힘들다고 포기하면 무슨 일을 더 할 수 있겠으며 무슨 희망이 있겠는가. 포기하면 인생도 끝이라고 생각했다.

필살기가 필요했고 형님의 도움이 절실히 필요했다. 형님 지인인 컴퓨터 수리하시는 분 회사에 무급도 좋으니 취직을 시켜달라고 형님한테 부탁했다. 형님에게는 큰 부담이었을 것이지만, 나는 다른 생각할 여지도 없이 오로지 살아남기 위한 방책이었다.

다행히 유급으로 일할 수 있게 됐지만 정상적으로는 취직이 불가능한 실력이었고 순순히 형님과의 우정에서 허락한 것이었다. 어렵게 기회를 얻었으니 꼭 열심히 해서 살아남겠다고 결심했다. 출근 며칠 후, 나의 실력을 알았기에 나의 결정으로 무급으로 컴퓨터 일을 시작하기로 했다.

돌이켜보니, 여기저기서 내팽개침 당하고 거절당하는 인생이라고 세상을 탓하고 있던 나를 꿰뚫어보고 컴퓨터를 배우게 하고 당당하게 경제적인 독립성을 갖추게 한 형이 있다는 사실에 감사하고 형에게도 감사함을 전한다.

이제 시작이다

절대로 포기하지 말자, 결단코 살아남아서 꿈을 펼쳐보자, 절대로 포기하지 말자고 맹세하고 또 맹세했다!

지금도 잊지 못하는 첫 출근 날이다. 여러 명의 컴퓨터 전문가들이 있었는데 긴장의 연속이었다. 전문가들의 대화내용을 들어보면 분명히 컴퓨터 얘기를 하는데 무슨 말인지 알아듣기 힘들었다. 학원에서 배운 것만으로는 한계를 느꼈고 그들과 눈길조차 마주치기 무서웠다.

사무실 책상 위에 놓여 있는 노트북을 그때 처음 보았다. 정말 좋아 보였고 너무 신기했다. 노트북으로 음악을 듣고 채팅할 수 있으니 어찌 신기하지 않겠는가.

업무에 관한 개략적인 설명을 듣고 팀장님 보조로 업무를 시작했다. 컴퓨터 전문가인 팀장님에게 많이 배우고 실전경험을 쌓으라는 사장님의 배려였다. 너무 고맙고 좋아서 눈물이 마음속에 흐르고 있었다.

현장 투입을 통해 빨리 수리 기술력을 끌어올리고 실력을 쌓아야 했다. 실력이 없음을 깨닫고 무급으로 일하겠다고 했던 터라 유급 취직이 간절했다.

아침에 눈을 뜨면 메인보드 기판이 머리에 그려진다. 수리가 안되는 원인은 뭘까, 수리할 노트북은 어떤 증상일까 등 복잡한 생각을 하면서 출근했다. 8시에 출근하면 다음날 새벽 3시에나 집에 들어왔다. 기술을 배울 때는 성취감과 좌절감이 동반했다. 기술습득은 성취감을 고무시키고 수리에 실패하면 좌절감을 안겨주었다. 수리가 안 되거나 수리 방법을 모를 때 좌절감이 주는 고통은 말로 표현이 어려울 정도다. 기술직은 하루아침에 완성되는 것이 아니다. 하루하루 복잡한 메인보드와 싸움이다. 수리과정은 반복적인데 지속적인 연습은 단순하면서 지루하기도 했다.

매일 사무실에 도착하면, 전날 늦게까지 수리를 하느라 미처 정리 못한 어지럽게 늘어진 도구를 정리하고, 사무실 청소 및 컵을 씻고 커피까지 준비하는 것까지가 최하직급인 나의 일이었다. 수리도구는 항상 편하게 잡을 수 있게 정돈하는 것이 핵심이고 정답이다. 팀장님의 작업대는 물론이고 커피 컵까지 완벽에 가깝게 정리돼야 하루를 편하게 지낼 수 있었다. 하나라도 더 배우려면 팀장님 심기가 편해야 했다. 나도 편하게 눈에 거슬리는 일은 피하는 것이 상책이다.

수리 때에는 초집중이며 완벽에 가깝고, 하나의 실수도 용납하지 않는 사람이 프로다. 또 하나의 핵심은 수리 때에 아무리 어려운 난관에 부딪쳐도 포기란 없다는 것이었다. 한번은 고장난 노트북을 수리하려고 분해를 해보니 침수로 인해 부품마저 부식된 상태였다. 침수된 노트북 메인보드 수리는 고난도 수리로 꼽히며 수리 성공률은 복불복이다.

누가 봐도 메인보드 기판에 여러 곳이 부식되면 웬만한 노트북 수리 전문가들도 포기하는데, 팀장님은 수리불가 판단이 나기 전에는 포기란 없다. 결단코 3일 밤을 꼬박 세우며 수리를 완료했다. 나에겐 분명 좋은 경험이어서 3일 밤을 뜬눈으로 지켜봤다. 음식은 먹어봐야 맛을 알 수 있고 노트북 수리는 수리를 해봐야 결과를 알 수 있다. 낮에는 주어진 업무를 처리하고 수리 과정을 보는데 만족했지만, 직원들이 퇴근하면 작업대에 나만의 공간이 주어졌다. 고장난 노트북 점검해 고장난 원인 분석 후 증상 찾아내는 것은 노트북 수리에 중요한 절차인 데가가, 도구 장비 사용법은 연습 또 연습밖에 없었다.

매일 새벽 2시까지 주어진 시간은 매우 중요하다. 분석하고, 연구하고, 수리해보는 훈련과정이 핵심이다. 메인보드 전류 흐름을 알아야 한다. 손으로 만져보는 것도 전류가 흐르기 때문에 감전이 되고, 반복적인 작업은 괴롭다. 분명 이런 혹독한 과정을 거치지 않고는 성공을 못했을 거라 생각된다.

수없이 실수와 착오를 범하고 멀쩡한 중고 메인보드를 구매해서 얼마나 많이 망가뜨렸는지 알 수 없을 정도다. 20여 년 동안 수천 대 메인보드 수리를 했지만 수리방법 및 과정은 매번 다르다. 메인보드 기판 위에 따닥따닥 붙어 있는 IC 부품들을 눈으로 보기도 어렵고 수십만 개의 부품 중 쌀알보다도 작은 불량부품을 찾아내는 것이 수리의 핵심이다. 바다에서 바늘 찾기다.

이제 노트북 수리를 해서 큰돈을 버는 시기는 이미 지나갔다. 먹고살기 위해 노트북 수리를 선택했고, 먹고살기 위해 열심히 수리했다. 오직 전문직만이 살길처럼 느꼈고 특정 기술직도 나름대로 전문가로서 괜찮은 직업이었다.

PC출장수리, 노트북 부품 도매, 쇼핑몰, 원어민 화상언어교육, 화상채팅, 게임중계 서비스, TV중계 서비스, 서버중계 서비스, 웹 제작 및 유지관리, 폐메인보드 매입 및 도매 등으로 수없이 사업을 시작하고 실패하기를 반복했다. 모조리 컴퓨터 관련 사업을 시도했다.

사십 평생 한 길만 걸어온 인생이 쉰을 바라보는 나이에 새로운 길을 시작한다는 건 매우 어려울 뿐만 아니라 현실적으로도 선택하기 쉽지 않다. 기계도 오래 사용되면 녹슬고 고장이 난다. 인간도 마찬가지다. 마흔이 넘어가는 나이는 신체가 하나하나씩 쇠락해간다. 시력이 나빠졌다. 자신의 의지와 상관없이 불가항력적이다.

나의 본업은 수리전문이다. 수리 외 모든 사업은 부업이다. 수리 왜 다른 업종은 모두 아마추어다. 무모한 사업, 계획 없는 행동, 준비도 없이 시작한 경험들로 인해 벼랑 끝으로 추락했지만 지금 다시 생각해보면 젊은 시절의 도전은 무의미하지는 않았다.

그때 힘든 시절엔 절망이라고 했지만 불혹을 넘어 현재는 매우 행복하다. 짧은 인생여정에서 희로애락喜怒哀樂을 직접 경험할 수 있는 기회와 시간도 제한되어 있다. 소중한 경험이 안겨주는 깨달음은 받아들이는 태도와 어떻게 해석하느냐에 따라 삶이 달라진다. 수많이 도전하고 실패했지만 힘든 고통을 견뎌내고 이겨내며 내면의 나는 더 풍부해졌고 더 강해졌다.

인생에서 고통의 총량은 같다는 말이 있듯이 젊었을 때 고생은 황금을 주고도 살 수 없다고 했다. 젊은 날의 도전은 무모한 것이 아니라 아름다운 것이다. 많은 경험을 통해 오늘과 다른 미래는 반듯이 행복하게 될 것이다.

매일 새벽까지 분석하고 연구하고 수리하는 과정은 힘들었지만 이러한 경험이 오히려 끈질긴 생명수를 이어가는 원동력이 되었음에 감사한다. 수리가 힘들다고 어렵다고 포기했으면 아마 내 인생도 포기했을 것이다. 이러한 원동력이 오늘까지 삶을 포기하지 않고 굳건하게 살아오게 했음을 알기에 감사한다. 나의 삶에 함께하면서 도와주신 많은 분들에게 진심으로 감사함을 전한다.

이별, 지우고 싶은 사랑

사랑이 무엇인지 모르겠다. 사랑을 알면 이렇게 살지 않았을 거다. 사랑이 삶의 덕德이며 복福이라 생각했다. 사랑은 가장 따뜻한 무한봉사라고 믿었다. 서로를 위하고 아끼고 귀히 섬기고 중히 여기는 것이라고 생각했다. 사랑은 긍정적인 마음에 긍정적인 감정이라고 믿었다. 이것만으로 사랑은 영원할 줄 알았다.

처음 사랑을 했을 때 온 세상이 내 것인 줄로만 알았다. 영원히 행복할 줄로만 알았다. 영원히 함께할 줄로 알았다. 결코 변하지 않을 것임을 굳게 믿었다. 그런데 첫사랑은 소망이었을 뿐 오래가지 않았다. 그때는 몰랐다. 이 사랑이 평생 마음에 아픔으로 남을지를. 아리따운 인생 꽃잎이 아직 피지도 않은 열아홉을 갓 넘긴 사내애가 과연 어린 나이에 사랑을 알았을까?

강산이 두 번 바뀌고도 칠 년이란 세월이 흘렀다. 저 밤하늘에 반짝이는 별들이 짝을 찾고 있다. 저 별들을 보면 왜 이렇게도 내 자신이 가련하게 느껴질까. 삶의 고단함과 인생의 고민이 있을 때 외로웠다. 언제부터인가 외로움으로 헤매고 있었다. 교통사고로 생과 사를 넘나들 때 고독했다. 고독은 몸을 괴롭히고 있다. 고독은 아픔을 주고 있다. 고독해서 사랑이 없다고 느꼈을 때 진정으로 혼자인 것을 알았다.

저 먼 곳으로 사라진 사랑을 마음에 품고 산 지가 오래되었다. 길이 없는 깊은 산속에 헤매는 어설픈 사나이. 잘못된 사랑은 악연 중 악연이다. 고통을 안고 살기 때문이다. 반쪽이 반쪽을 찾아 하나가 되어 백년가약을 했다. 성스러운 결혼선서도 결별은 막지 못했다. 시간이 지나며 상처도 아픔도 사라진다. 이별해서 아픈 것이 아니다. 혼자여서 슬픈 것이 아니다. 사랑을 주는 방법을 모른 것이 지금의 아픔이다. 사랑할 줄 몰라서 한스럽다. 현재도 고통이고 상처가 진행 중이다.

"아직도 경희(가명) 씨 못 잊어?"

걱정이 돼고 혼자여서 안타까운 듯한 질문이었다. 김경희. 이름을 기억하는 걸 보니 못 잊고 있었다. 엄마와 할머니를 빼고 태어나서 처음으로 사랑을 느꼈고 사랑을 주고 싶은 여자였다. 같은 동네에 살지는 않았지만 도서관 공부 모임에 참가하면서 알게 되었다. 수줍은 듯 말수가 적고 차분한 성격은 애티 나는 나이에도 성숙해보였고 예뻤다. 아직 못다 핀 꽃잎 나이라 이성적 교감은 없었다. 또래 아이들의 명랑한 성격과 달리 항상 조용히 있었다.

봄기운이 가득한 5월에 비가 억수로 쏟아지는 날이었다. 공부를 마치고 비를 맞고 가야 할지 그칠 때를 기다려할지 망설였다. 다른 친구들은 떠났다. 경희는 말없이 우산을 들고 나에게 다가왔다. 같이 가자고 했다. 고맙다는 말도 못 하고 쑥스러웠다. 이렇게 시작된 인연이다. 무더운 여름에는 시원한 음료수, 추운 겨울에는 따듯한 어묵 국물을 함께 먹었다. 어쩌면 과묵하고 차분한 성격이 잘 어울렸다. 말보단 마음이 더 가까웠다.

유수와 같은 시간이 흘렀다. 밋밋하던 가슴은 튀어나왔고 입술은 앵두처럼 탐스럽다. 허리는 가늘어지고 엉덩이는 군더더기 없이 통통하고 터질 듯했다. 다리는 늘씬하며 아름다운 자태를 뽐냈다. 누구에게라도 아까울 듯 미인이다. 인생의 꽃이 되었다. 그러나 오직 변함없이 여전히 차분하고 더 침착해진 그 점이 더 매혹적이었다.

"후, 못 잊었다기보다 기억에서 지워지지 않는다. 경희 만한 여자도 없다. 그런 헌신적 사랑도 흔치 않다."

"이해는 간다. 하지만 네 인생이 있잖아. 그렇다고 평생 간직할 수는 없잖아? 홀~ 홀~ 털고 마음을 비워야 새 사랑이 찾아오는 법이야."

경희의 아름다움에 황홀했고 헌신적 내조에 감동했다. 무한한 사랑에 세상을 다 가졌다고 생각했다. 결코 당신을 떨어져 살 수 없다고, 검은 머리에 하얀 면화가 필 때까지 사랑을 하겠다고, 행복하게 해주겠다고 맹세하고 또 맹세했다. 열심히 살아서 멋진 집도 마련하고 자식도 넷을 낳아 진정한 애국자가 되자고 약속했다. 오직 당신만을 바라보고 살 것이며 저승에 갈 때 같이 손잡고 가자고 했다. 진심으로 사랑했고 평생 당신만이 사랑이라고 했다.

인생에는 꼭 만나야 할 인연이 있고 절대 만나서는 안 되는 악연도 있다. 만남의 선택은 자유지만 선택에 따라 운명이 달라지기 때문이다.

시골에는 어머니 홀로 계셨다. 늘 건강이 걱정이다. 오래 전부터 지병으로 고생했다. 간병에 식사 도우미라도 있으면 좋을 텐데 현실은 불가능했다. 간혹 안부 전화를 드리는 정도였다. 가을이 가고 곧 겨울이 찾아온다. 난방이며 건강이며 걱정되고 어머님 얼굴도 보고 싶었다. 시골 가는 버스에 몸을 실었다. 고향은 늘 그리운 존재다. 산기슭 아래 풀잎들도 찰랑찰랑 춤을 추며 주인을 반겼다. 어린 시절 보냈던 고향이지만 변화는 없었다. 홀로 남겨진 어머님 생각에 조금은 낯설기도 했다.

"어머님 저 왔어요."

방안은 조용했다. 어머님은 구들목에 누워 계셨고 옆에는 이웃 주민 두 분이 있었다. 평소 왕래가 전혀 없었던 분이고 다소 의외였다. "인사드려"라는 어머님의 가는 목소리가 들렸다. 간단한 인사를 드렸다. 서먹해서인지 저녁준비를 한다면서 아주머님은 자리를 뜨려고 했고 어머님은 극구 만류했다. 집에 가도 따님과 둘뿐이라며 아들 녀석이 왔으니 같이 저녁 식사를 하자고 했다. 눈치를 보니 어머님과 아주머니는 가까운 듯하다.

어머님은 손발이 저려 거동이 불편하다. 홀로 계시니 힘들 거라고 짐작은 했다. 어머님은 우리가 집을 떠난 후 아주머니의 도움을 많이 받았다고 했다. 또한 약을 짓거나 처방에 따라 약을 제조할 때면 딸이 직접 읍내까지 다녀왔다고 했다. 알고 보니 아주머니와 동갑내기라고 했다. 일찍 남편과 사별을 하여 딸 둘을 홀로 키웠고 억세게 고생하며 가족을 지키고 딸들이 고생할까 재혼도 거절했다고 한다. 분명 남의 집 주방인데 저녁준비를 하는 아주머니 행동은 내 집 주방처럼 자연스럽다. 한두 번의 경험은 아니었다. 짐작이 된다. 자주 가까이 함께했던 것이다.

건강이 불편한 어머님을 홀로 두기 어려웠다. 쓸모없는 자식도 옆에 있으니 어머님 기색도 좋아졌고 부드러워졌다. 아주머니도 따님도 매일 오시다시피 했고 며칠을 있으며 동거 아닌 동거 생활을 한 셈이다.

워낙 허약한 체질인지 어머님은 병마와 함께 살아왔다. 그렇다고 어머님을 모시고 살 형편은 아니다. 자리를 비운 터에는 아주머니와 딸이 그 자리를 매웠다. 고마운 마음도 있었다. 시간도 흐르고 얼굴 볼 기회도 많았고 어느새 편안하게 지내는 사이가 되었다.

어머님은 거의 기력이 없었다. 며칠 동안 음식섭취를 못하고 온몸이 저린 데다 허리까지 삐걱돼서 몸을 가늠키도 힘들었다. 눈물이 핑 돌았다. 치아 통증 때문에 음식을 섭취하기 힘들었다.

다행히 아주머니 딸의 지극정성에 버티고 있었다고 했다. 너무 감사하고 고마워서 식사라도 대접하고 싶었다. 그 모녀가 회를 즐기는 걸 알고 횟집으로 모셨다. 술도 제법 잘한다고 해서 광어회에 소주 두 병을 주문했다.

정신도 시쳤고 기분도 우울해서인지 술이 찰찰 넘어갔다. 고맙고 감사했다. 또한 미안하기도 했다. 편안해졌고 소통도 잘 되었다. 술잔을 오가며 이것저것 얘기하다 보니 술도 더 주문했고 많이 마셨다. 이십 평생 예쁜 여자와 단 둘이서 술을 많이 마시기는 경희 외에 처음이었다. 두 살 아래지만 동안이어서 나이는 훨씬 어려 보였다. 새까만 긴 머리를 돌돌 감아 올려 매어 짓고 단아해 보였다. 말랑말랑 눈동자는 금방이라도 눈물폭풍우가 쏟아지듯 생기가 넘쳤고 조각처럼 뻗은 콧등 양 볼은 뽀얗게 흠 하나 없었다. 작은 입에 복숭아 입술은 육즙이 가득 차 터질 것 같다. 입술이 벌어질 때 모습을 드러내는 이는 백화처럼 깨끗함이 황홀했다.

두세 병을 더 마셨다. 취기가 오른 듯 몸을 가누기 힘들었다. 술은 그녀가 더 잘 마시는 것 같았다. 알코올 분해가 빨리되는가 보다. 정신은 멀쩡한데 몸이 잘 움직이지 않았다. 비틀거리는 걸음을 보고 그녀는 긴 팔로 어깨를 감싸고 부축했다. 그녀의 팔과 옆구리 사이에 목을 바쳤고 오른손은 그녀 허리를 잡았고 얼굴은 가슴과 겨드랑 사이에 파묻었다. 여성의 따뜻하고 사랑스런 냄새는 밤바람을 타고 남성의 본능을 자극하고 있었다. 손은 힘을 더 주어 허리를 잡았고 얼굴은 풍만한 가슴으로 더 파묻었다.

젊은 피가 혈관을 뚫고 용솟음치고 있었고 남자로서 한계를 넘어서고 있었다. 기분도 좋고 술도 한 잔이 아쉽다고 맥줏집으로 가자고 했다. 술도 조금 부족한 듯했고 한 잔 더 마시자고 징징댔다. 더 마시고 푹 자고 싶었다.

갈증 때문에 한밤중에도 잠을 깼다. 눈을 뜨기 전 손으로 베개 쪽으로 더듬어 핸드폰을 확인하고 베개를 만져보는 습관이 있다. 집인지 아닌지를 알 수 있기 때문이다. 이상하다. 분명 시골집도 아니고 내 집도 아니다. 몸은 실오라기 하나 걸치지 않는 알몸이다. 팔베개는 경희뿐인데 분명 경희가 아니다. 죄책감이 앞섰다. 순간 경희 생각에 죄책감과 동시에 상황에서 벗어나고 싶었다. '나는 임자가 있는 사람이야!'라고 속으로 소리치고 있었다. 둘은 이불도 걷어차고 알몸으로 서로 껴안고 자고 있었다. 분명 잠들기 전 알몸 육박肉搏전이 있었다. 당황스러운지 어떻게 할 바를 몰랐다.

깨우지 않으려고 조심스럽게 팔베개를 빼고 냉장고 위치도 몰라서 겨우 물을 마신 후 살며시 잠자리에 간다는 것이 무엇에 걸려 넘어졌다. 하필이면 그녀의 가슴에 엎어졌다. 서로 말없이 한참 정지됐다. 어둠 속 가로등 불빛이 방 안으로 내비치는 실내조명은 풍만한 젖가슴이 팽팽하게 더 풍만해졌고 유두는 발기된 채 꼿꼿하게 섰다. 억제할 수 없는 욕망에게 더 이상 자제는 고문이었다. 가슴은 불에 덴 듯 뜨거웠고 그녀의 가장 깊은 곳은 촉촉해졌다. 기타연주를 할 때 기타 줄처럼 능수능란하게 다루었고 그녀는 곡조에 맞춰 흥얼거리며 끝내 춤을 추기 시작했다. 인간의 본능인 사랑할 때 알몸으로 한없이 서로를 탐구하는 것만큼 예술이고 짜릿하고 황홀한 게 어디 있을까. 나는 끝없이 그녀를 파고들고, 파고들고, 그녀는 한

없이 나를 안으로, 안으로 삼키느라 몸속으로 넣기에 바빴다. 황홀한 것이기에 잔인한 것인지 모르겠다. 무슨 일이 발생할지 진정 모른다. 숨이 넘어갈 듯 욕정의 태풍이 휘몰아치고 금방 잠들었다.

결국은 승자가 없고 패자만 있었다. 그토록 못다 한 사랑은 아름다운 종終을 끝맺지 못했고 배신의 사랑은 악연으로 남았다.

후회한들 다시 돌아오는 사랑도 아니다. 조금이라도 '만약'이 있다면 못다 한 사랑은 결코 아픔으로 기억되지 않을 것이다.

그녀의 임신은 김경희와 이별을 의미했다. "사랑은 영원하지 않다"는 말을 남기고 경희는 외국으로 이민 갔다. 시야에서 영영 사라졌다.

얼마 후 그녀는 자연유산했다. 배신의 사랑은 용서받을 수 없었다. 파혼을 했다. 눈앞에서 영영 사라져라 했다. 남도 속였고 자신도 속였다. 사랑은 거짓이다. 사랑은 없으며 진정한 사랑은 존재하지 않는다. 사랑을 위해 살고 죽는다고 했건만 사랑은 잔인했다. 당연하지만 나는 죗값을 세게 처절하게 치렀다.

시간이 약이라고 했다. 시간이 지나면 아픈 상처도 흐릿해지고 아픈 흔적도 사라지기 마련일 터. 하지만 나에게는 그렇지 않았다. 아픈 상처가 가슴 깊숙이 박혀 있다. 지우려하면 할수록 더 또렷해진다. 다시는 사랑 따위는 찾지 않을 거고 찾아오지도 않을 거다.

방황하고 분노하는 마음을 추스르려고 학업에만 골몰했다. 알코올 분해 능력이 떨어지는 간을 술에 담가 괴롭히기도 했다. 기술직으로 취직하고 삶도 안정을 찾았다. 마음의 부족함, 허전함, 서운함이 늘 불안요소다. 허전함을 달래려고 시간적 여유를 독서와 자원봉사활동으로 채웠다. 운명은 정해진 것이라고 했던가. 다시 운명의 사랑이 찾아올지 누가 알았겠냐.

나에게 가정하면 떠오르는 것은 "사명"이다. 그만큼 마음 한구석에 아쉬운 것 아픈 것이 많고 슬픔으로 가득 차 있다.

일에 올인 했던 나에게도 봄날은 있었다. 다시는 오지 않을 사랑이 운명처럼 찾아 왔다. 2000년대에만 해도 컴퓨터 열풍이 대단했지만 컴퓨터 전문가는 많지 않던 때이다. 어린 시절 성장 환경 때문인지, 어렵게 배운 노트북 수리기술 때문인지 가진 것은 없어도 함께하는 세상, 나누는 세상 등 베푸는 삶에 관심이 많았고, 우리나라 원로 목회자의 제안을 받아 전국으로 돌면서 이주민 노동자들을 위해 컴퓨터 강의를 했다.

평일에는 출근을 하고 주말에는 어김없이 전국 각 문화센터 시간표에 따라 이동했다. 또한 자원봉사 동아리 팀이 있었는데 함께 이동했고, 청년 열정과 혈기로 넘치는 나를 동생처럼 보살펴주시고 아껴주던 팀원들과 가족처럼 지냈다.

그중 유난히 새까만 눈동자는 초롱초롱하고 새까만 긴 머리는 반짝이며 검소한 옷차림은 순수해 보인 배려심이 많은 누나는 매력적이었다. 화장기 없는 얼굴은 온화하고 자연스럽다. 열띤 미소에 뽀얀 볼에 오목하게 우물져 들어가는 보조개는 아름다운 자연미를 더 했다. 웃음을 잃지 않는 황홀함은 매력적이다. 당장 두 볼을 잡고 보조개를 감싸며 입술로 그녀의 입술을 덮어주고 싶었다. 뜻깊은 일도 함께했으니 인생여정도 함께하기로 결심하며 사랑의 꽃을 피웠다.

이독공독인가? 옛 사랑은 상처를 남겼고 새 사랑은 흔적을 덮었다. 세상을 얻은 듯 행복했고 사랑과 열정으로 우리는 하나이고 마음도 하나였다. 불과 몇 년 사이에 아파트도 마련했고 작아도 알짜인 가게도 있었으며 차도 샀고 평안했다. 부자는 아니지만 풍족한 생활을 누렸고 행복은 영원할 줄 알았다.

언젠가부터 편안한 생활에 너무 안주하며 사는 것은 아닐까라는 생각이 들었다. 사업을 키우고 싶었다. 욕심은 욕심을 키운 탓인지 부동산만 남겨놓고 모든 재산을 모아 사업현장에 뛰어들었다. 욕심이 과해 야심野心이 됐고 야심은 패망을 가져왔다.

사업을 한다고 밖으로 돌았고 안하무인 오만한 자세는 나의 희망을 좌절로 안겨주었다. 무식한 놈은 어쩔 수 없다고 세상 삶의 법칙을 무시하고 내 멋대로 살아왔다.

사업실패는 경제적 파산이다. 개인 또는 가정에 치명타다. 이는 가족 부양, 자식교육도 할 수 없는 난관에 부딪친다. 이성적이지 못한 감정으로 부부의 불화는 심해지고 파국을 면치 못한다. 결국엔 가족 해체이요. 가정 몰락이요. 그 아픔은 죽어서도 씻을 수 없는 상처로 남는다.

진심으로 가정을 책임지고 가족을 사랑했고 그 사람을 사랑했다. 어떠한 험난한 풍파를 겪을지언정 이별까진 생각 못했다. 인생 실패의 원인을 따지기보다는 나의 무책임함을 인정한다. 네 탓이 아니야 모두 내 탓이다. 못다 한 사랑이 아플 뿐 이별의 슬픔은 작은 슬픔이다. 사랑을 했고 진심으로 사랑했건만 그 대가는 배신의 사랑이다. 그 사랑은 절망이다. 십 년이란 동고동락도 이별을 막지는 못했다. 강산이 한 번 변했는데 사랑은 결국 상처로 남겼다.

결혼이 실패로 귀결되고 있다는 것은 물론 비극이다. 까마득한 과거에 내린 결정들, 이제 중년 깊숙이 들어와버린 자신을 너무나 외롭고 황량하게 만들어버린 결정들을 회한 속에 숙고하지 않을 수 없다.

이 구절을 쓰면서 망설였다. 우리 사회의 정서상 개인의 가정사를 공개하는 데 익숙지 않다. 이 책을 쓰기로 기획할 때 이왕 쓸 거면 모조리 공개하는 것이 단 한 명의 독자에게 도움이 된다면 좋겠다는 취지였다. 조언을 받고 제안을 받았지만 머리는 혼란스러웠다.

서로에게 상처를 주고 이별을 한다는 것은 결코 좋은 일은 아니다. 결과적으로 나의 문제였다. 무배려, 무관심, 이기적 행동 등 여러 가지 이유가 있겠지만 전부는 아니다. 사업 실패 경제 파탄도 절대적 사유도 못된다.

돌이켜 생각해보면 사랑을 잘 몰랐다. 사랑을 받을 줄도 몰랐고 사랑을 할 줄도 몰랐던 것이다. 사랑을 받으려면 사랑을 베풀 줄도 알아야 한다. 나이가 들면서 사랑에 대해 조금씩 알게 되었다. 사랑에는 배려, 관심, 이해, 진심, 마음으로 상대를 소중히 여기는 것이 필요하지 않을까 생각이 든다.

남남이 만나서 하나가 되었음에 감사하고 스쳐간 인연도 인연이지만 나를 진심으로 사랑해줬다는 것도 고맙다. 다만 나를 아프게 한 것은 나 자신을 사랑할 줄 몰랐던 것이 더 아플 뿐이다. 아픔 뒤에 깨달음이지만 사랑의 소중함을 알게 돼서 감사한다. 행복을 전하고 싶다. 내가 소중하면 당신도 소중한 존재였다.

실패, 상처를 딛고 새 희망으로

가끔 넋을 잃고 미쳐가고 있다. 사람은 사랑 때문에 행복해지고 불행해지기도 한다 했던가. 개개인의 가치관에 따라서 다르겠지만 나는 확고한 가정관이 있다. 뼈아픈 가정 실패는 실망과 상처뿐이다. 어두컴컴한 방 구석구석에는 증오의 영혼들이 날개 돋듯 춤을 춰대고 온돌의 방바닥은 온정이 없다.

사십을 넘은 나의 또래는 벌써 가정을 꾸려 아이도 있을뿐더러 심지어 빨리 결혼한 친구들은 중학교 다니는 아이도 있다. 나는 회식자리는 적극적인 반면 친구들 모임은 피하는 경우가 많다. 술 한잔 두 잔 마시다가 사업부터 학창시절, 군부대 얘기까지는 좋다. 빠질 수 없는 축구 얘기, 그리고 마지막은 꼭 가정 얘기가 나온다. 마누라, 아이들 얘기가 나오면 맥이 탁 풀린다. 끼어들 말도 없다. 그래서 더욱 가족 단체모임에는 극구 불참한다. 가끔 끈질긴 성원에 못 이겨 참석하면 난감한 장면이 발생한다. 가족 울타리 안의 대화와 웃음이 오가는 장면은 부럽기도 한 데다가 마음 한구석은 멍이 들어선다. 친구들은 자립하여 부모님을 모시고 사는데 이 몸은 아직도 노모의 걱정거리가 돼서야.

"내가 죽으려도 네가 아직 혼자라서 걱정이 된다."

눈을 감을 수 없다는 어머님의 '곡'을 듣자니 미안하기도 하고 불효라는 생각도 든다. 마치 내가 잘못을 저질러 죄인이 된 듯 '다 내 탓이오' 소리가 입에서 절로 나온다.

정상적인 대화나 행동도 혼자 산다는 이유로 지탄을 받거나 오해를 살 수 있다. 특히 이성에게 오해를 사면 큰일 난다. 혼자 사니까 외로워서 추근댄다거나 성격이 이상하다거나 같은 험한 뒷말이 나온다. 술 파티 장소에서 정상적인 농담을 해도 혼자 사는 사람에게는 주사라고 비쳐진다. 혼자 사니 저렇다는 둥 관리하는 사람이 없어서 저렇다는 둥 호사가들의 주둥이에 오르내린다. 급기야 저질 인간으로 취급받을 수도 있다. 이렇다 보니 말 한마디 행동 하나하나 조심조심하지 않을 수 없다. 옷도 깨끗하고 어떤 옷을 입을지 생각하게 된다. 술도 절제해야 하고 더 마시고 싶어도 마실 수도 없다. 음식을 먹어도 품격 있게 먹어야 한다.

관심을 주는 분들도 있다. 언제부터인가 주변에서 만남을 주선해주려는 분들이 많다. 고맙다. 진심으로 감사한다. 하지만 나는 완곡하게 단칼에 거절했다. 나이 들어 시집 장가드는 게 힘들어진다는 어르신들의 말씀은 그냥 내뱉는 말이 아니다. 생각보다 간단한 문제가 아니다. 이십대 초혼하고는 완전히 다르다. 재혼은 자식, 주거, 교,육 재산 등 여러 문제들이 있다. 어느 한 문제점이 잘 풀리지 않으면 성사되기 어려운 현실이다. 사랑은 무한봉사요 무상이라지만 삶의 산전수전을 겪은 사람은 주판알을 튕기지 않을 수 없다. 연애와 결혼은 다르다. 더욱 한 번의 상처가 있는 분들이다.

처음 얼굴을 보는 상대에게 인생을 논할 수도 없다. 첫 만남에 인생도면을 펼쳐 우리는 어떻게 잘 살 것이고 행복할 것이라고 정신 나간 사람처럼 입을 열 수도 없다. 뜬금없이 삶은 정의롭게 산다고 강연을 펼칠 수도 없다. 호적 조사를 하듯 가족사를 물어볼 수도 없고 더욱 어떻게 살아 왔냐고 아픈 상처를 다시 꺼낼 수도 없는 노릇이다. 뜨거운 커피를 억지로 입으로 넣는 것처럼 미쳐가는 중이다. 물속처럼 조용하고 헛기침을 한두 번 하는 짧은 시간이 강산이두 번 변하는 세월처럼 느껴진다. 서먹함 자체가 고문이다.

못다 한 사랑도 아프다. 가버린 사랑은 미안함이 앞선다. 사랑해서는 안 될 사랑은 무덤까지 가져간다. 모든 것을 정리하고 이태원에 단칸방을 잡았다. 행복했던 시절도 과거가 됐다. 활기찼던 사업도 삶의 역사가 됐다. 꿈도 희망도 사라지고 남은 것은 빚과 몸뿐이다. 삶이 참으로 황망하다. 살기 위해, 재기를 위해 마음 정화가 필요했다. 마음을 다스리는 데 자원봉사만 한 것도 없다. 남을 위해 무엇을 한다는 것, 남에게 베푼다는 것은 타인에 희망을 줄 뿐만 아니라 자신도 희망을 갖는다는 의미다.

십여 년 전 자원봉사 동호회에 가입했다. 예전에 알던 컴퓨터 고객님 소개로 가입하게 되었다. 봉사 종류도 다양했다. 자연스럽게 컴퓨터 무상 수리 무상 점검 일을 하게 됐다. 고아원, 요양원, 소년의 집 등을 방문하여 서비스를 제공해주는 봉사활동이다. 봉사 종목에 의해 인원수가 배정된다. 컴퓨터 봉사는 2인 1조다. 우연찮게 컴퓨터 고객님이 파트너로 선정됐다. 우연인지 운명인지 모르겠다.

고객님과 인연을 맺은 것도 이십여 년이 지났다. 그날 효창동 사무실에서 하루일과를 마치고 퇴근을 하려고 나서는데 "잠깐만요!" 소리 내며 허겁지겁 달려오는 것이다. 노트북을 내밀고는 방금 전 노트북에 커피를 쏟았다며 안절부절못했다. 고등학생 나이로 보이는 여학생이었다. 노트북 침수 수리는 시간이 생명이다. 보통 노트북은 침수해서 30분 내에 수리율은 90% 이상이지만 몇 시간만 지나도 수리율은 50% 이하로 떨어진다. 3일 이상이면 수리율은 0%에 가깝다. 생각할 여유도 없이 바로 분해하는 것이 최선이다.

직감으로 배터리를 분리제거하고 전원을 완전차단 후 신속하게 분해를 했다. 다행히 커피가 쏟은 지 얼마 안 돼 부품 부식은 없었고 메인보드로 완전히 스며들지 않았다. 커피를 쏟고 바로 노트북 전원을 끈 것도 적절했고 수리는 가능했다. 수리 가능 상황을 설명드리고 내일 노트북을 찾아가시면 된다고 안내했다. 고객은 이력서 취직희망보고서, 면접요령 작성 등 오늘 늦게라도 노트북을 사용해야 된다고 간절하게 부탁했다. 절실함이 통했을까 시간이 다소 걸린다고 하고 바로 수리진행을 했다. 장정 네 시간을 넘게 수리를 했고 다시 사용할 수 있었다. 다만 키보드는 침수로 수리불가라 나중에 교체하기로 하고 USB키보드를 주면서 대체용으로 사용할 것을 권했다.

수리를 다하고 계산을 하려니 여학생은 얼굴이 붉어지면서 눈물을 글썽거렸다. 너무 급하게 와서 현금이 없다고 했고 바로 지금은 돈이 없으니 며칠 후 아르바이트비를 받으면 계산하면 안 되겠냐고 하면서 어쩔 줄 몰라서 당장이라도 눈에서 폭우가 쏟아질 것 같았다. 알았다고 하고 그냥 보내줬다. 그러자 늦은 시간까지 수리를 해줘서 고맙다고 굽신굽신 했다. 이렇게 인연이 돼서 컴퓨터 수리 전담기사처럼 고정이 됐고 수리에 관한 무조건 신뢰를 얻었다. 이제 자원봉사 활동에서 같은 조가 되고 같이 봉사를 하게 된 것도 묘한 점이다. 아무리 신뢰가 있다고 해도 어디까지나 고객이다. 깍듯하게 대하는 동시에 사적인 만남은 없었다.

한 달에 네 번 일요일에만 봉사활동을 했다. 하루에 두 곳에 방문하여 봉사를 했다. 컴퓨터 고장 증상에 따라 수리 시간이 길어지기도 하고 짧아지기도 한다. 오전 9시에 집을 나서면 오후 6시에 들어온다. 컴퓨터가 많을 경우 오후 6시를 훌쩍 넘겨 늦게 끝날 때도 많았다. 점심은 봉사현장에서 식사를 해결하고 오후 늦을 경우는 둘이 나가서 먹기도 한다. 실패를 하고 아무것도 없던 시기다. 차도 없어서 연장을 들고 대중교통을 이용하니 이동시간이 길어지고 불편했다. 비나 눈이 오면 고생이 따로 없었다. 이렇게 3년을 넘겨 4년 가까이 봉사를 했다.

마음이 통했는지 일손도 척척 맞았다. 나는 증상 점검하고 수리를 했고 파트너는 연장 챙기고 분해하고 조립했다. 나중에는 윈도우 설치까지 배우면서 했다. 파트너는 더 바쁘다. 연장 챙기고 부품도 챙겨야 되고 보조역할이고 잔심부름이 많았다. 착하고 성실하고 내일처럼 정성을 다하는 모습이 보였다. 이름은 하연(가명). 얼굴은 어두워 보이는 표정이고 화장은 하지 않는 듯 보였다. 순순해 보였고 명랑한 성격은 아닌 것 같았다. 그러면서도 배려심이 많고 섬세하고 대화를 하면 상대를 먼저 이해하려고 했다. 짐작했을 뿐 확인된 건 아니다. 사적인 대화는 하지 않았다.

몇 개월이 지나자 서서히 서먹함도 사라지듯 대화도 많아지고 말문이 열리면서 서로를 알게 되고 편안해졌고 더 가까워졌다. 전에는 관심이 없어서 몰랐지만 어느 날 식사를 하는 모습을 보고 오른손이 불편하다는 것을 알았다. 분명 오른손잡이인데 식사를 할 때는 왼손으로 하는 것이다. 젓가락 숟가락 사용도 서툴렀고 자연스럽지 못했다. 손이 왜 그랬냐고 물어보기도 어색해서 그냥 지나갔다. 그 후로는 컴퓨터 분해와 조립을 하지 말라고 했다. 연장 챙기고 부품 들고 분해하고 조립은 내가 했고 윈도우 설치 및 점검하는 방법, 수리하는 방법을 가르쳐주었고 역할도 바뀌었다. 일종의 무언의 배려였다. 늦게 끝날 때면 저녁식사를 같이 했고 간혹 술자리도 했다. 사적인 대화도 하게 되고 가족사며 가정사도 알게 되었고 인생을 논하기도 했다.

무더운 여름에 요양원에 방문하여 TV를 수리하다가 감전이 되었다. TV를 분해하면 나오는 전원을 연결하는 전원 보드는 220V 고전압이 공급되는데 감전위험이 있어서 전원을 연결하는 부분에 전원차단장치를 사용한다. 이 장치 덕분에 순간 감전이 되도 전원이 즉시 차단됨으로 감전으로 죽지는 않는다. 이번에는 감전되면서 대콘에 손을 데면서 살집이 익히고 나중에는 염증으로 병원신세를 지기도 했다. 아무것도 할 수 없었다. 밥을 지을 수도 없었다. 이런 사정을 아는 하연 씨는 평일에도 불구하고 퇴근길에 잠시 들러 음식이며 청소며 도와주었다. 힘들게 왜 하냐고 물어도 묵묵부답이다. 자기 때문에 사고가 나서 미안하다고만 했다. 이렇게 더 가까워졌다. 이후에 혼자 사는 것을 알고 밑반찬이며 음식들을 챙겨주었다.

우리는 이렇게 정이 쌓여가고 사랑이 싹 트기 시작했다. 어찌 보면 하연이도 불쌍한 사람이다. 아버지를 일찍 여의고 어머님 홀로 자신과 동생을 키웠다고 한다. 어머님은 아버지의 죽음으로 충격을 받아 정신적으로 쇠약하고 건강도 매우 안 좋다고 했다. 가정 형편이 너무 어려워 중학교 때부터 시집가기 전까지 아르바이트를 중단한 적 없다고 했다. 노트북에 커피를 쏟아 수리를 받았는데 수리비도 받지 않은 것을 아직까지 고마워했고 평생 잊지 못한다고 했다. 그랬다. 그때 노트북 수리하고 돈을 받지 않았다. 사실은 받지 않은 것이 아니고 하연이가 돈이 없어서 못 받은 것이다. 그 후에도 노트북이나 컴퓨터 수리 비용은 받지 않은 것 같다. 그때는 가정형편이 엄청 어려울 때라고 했다. 너무 고마웠고 좋은 사람이라 생각했고 나중에 꼭 보답하겠다고 다짐을 했다고 한다.

가정형편 때문에 결혼도 빨리 했다고 한다. 좋은 남편을 만나서 친정을 도와주려고 했다. 소박한 소망이었지만 현실은 달랐다. 결혼을 하고 시집을 가서도 불행은 이어졌다고 한다. 연애 때는 몰랐는데 결혼을 하니 남편은 완전히 돌변했고 서서히 본색이 드러났다고 한다. 변변한 직업도 없이 건설현장에 다녔다. 그것도 매일 나가지 않고 돈이 떨어져야 어쩔 수 없이 일을 한다고 했다. 늘 술독에 빠져 있고 주사까지 더럽다고 했다. 심지어 두 딸을 낳았는데 아들 투정을 했다. 손도 남편의 폭력 때문이라고 했다. 어이가 없다. 왜 참고 사냐고 신고라도 하고 이혼이라도 해야지 하고 다그쳤다. 이혼은 생각해본 적이 없다고, 이혼하면 두 딸은 어찌 하냐고, 어떻게 키우냐고 하소연하듯 반문했다. 친정 엄마도 이혼은 절대 안 되며 남편도 이혼하면 차라리 죽자고 협박한다고 했다. 이혼을 하려고 해도 할 수 없다고 했다.

서로 애통한 처지를 공감했을까? 서로에 애틋함은 더해갔고 믿음은 짙어졌고 신뢰는 깊어졌다. 왜 이제야 만났는지 후회하며 사랑은 더 깊은 늪에 빠져들었다. 하는 일마다 마음이 닿았고 말없이 눈빛만으로 의중을 알 수 있었다. 하연이를 만나면서 처음으로 여성의 따뜻함 섬세함을 느꼈고 여성의 부드러움과 우아함을 알았다. 하연이를 사랑하면서 가정에서 남자의 책임감을 알게 되었다. 사랑하면서 여성의 위대함을 새삼스럽게 느꼈다.

2년 넘는 시간을 사랑에 혼신을 다했다. 한 번도 싸운 적이 없었고 늘 행복했고 진정 사랑이 무엇인지를 알았다. 이러면서도 우리는 결혼을 할 수 없고 아이도 가질 수 없고 결국엔 헤어져야 한다는 것을 알게 되었다.

어느 날 마지막 사랑을 하였다. 하연이는 이제 그만 만나자고 했다. 만날수록 고통이 더해가며 미칠 것 같다고 했다. 결혼을 할 수 없기에 고통이고 아이도 가질 수 없기에 미칠 것 같고 불행할 것 같았다. 어쩔 수 없이 수긍을 했고 아프지만 결별을 하고 사랑과 행복을 무덤까지 가져가기로 약속했다. 할 수 없는, 사랑하지 말아야 할 사랑이다.

재기를 위해 열심을 냈고 성실하게 살았다. 수리공간이 필요했지만 임대료 비용이 없었다. 지성이면 감천이라 했다. '아무개 씨 입금 삼백만 원' 통장 입금 알림이다. 연락 끊고 산 지 몇 년이 지나도 입금자는 누구인지를 알 수 있었다. "아무개 0409"가 입금자명이다. 바로 하연이다. 다시는 오지 않는 사랑이다. 둘만이 아는 암호다. 지우려고 노력하고 노력했던 기억이다. 슬픔이고 아픈 기억이다. 가명으로 입금한 것을 보면 다른 제3자가 알면 안 되기 때문이다. 돌려준다고 해서 받을 사람도 아니다. 둘은 사랑과 아픔을 외설外說 없이 무덤까지 묻기로 했다. 저 멀리서 지켜보고 있었다. 분명 이 자금으로 최소한의 준비로 새롭게 다시 시작하라는 명령이다. 가까이 있지만 가까이 할 수 없는 사이. 운명이다.

언제부터인가 삶이 허전하다고 느낄 때가 많아졌다. 삶에 대한 회개, 실패에 대한 반성, 실패에 대한 아쉬움이 있다. 항상 아이처럼 보이던 조카들이 성장하여 청년이 된 것을 보고 부럽기도 하고 자랑스럽기도 하다. 친구들과 같은 또래 지인들과 만날 때 그들의 아이들을 보면 많은 생각에 잠긴다. 아이들의 반짝이는 눈빛, 순수한 생각, 세상에 대한 호기심이 가득 찬 행동들. 깨물어도 아프지 않을 것 같은 귀여움. 눈에 넣어도 아프지 않을 것 같은 아이들. 사랑과 애정을 아끼고 싶지 않다.

불혹의 나이를 먹고 보니 자식 없어서 허전함을 느낄 때가 있다. 하나의 아픔이고 하나의 아쉬움이다. 못다 한 사랑, 배신의 사랑, 가버린 사랑, 할 수 없는 사랑을 돌이켜보면 아이를 낳을 수 있었다. 아이러니하게도 빛을 보지 못했다. 성장한 조카들 보면 대견스럽고 어린 조카들 보면 투명한 동심에 이끌려 부러움을 사기도 한다.

하나의 인격체로서 세상을 살아가는 인간으로서 누구나 하고 싶은 일이 있고, 자신이 그려놓은 그림과 같은 꿈이 있고 희망을 품고 사는 인생이 있다. 어떻게 하면 자신의 인생의 꿈과 희망이 이루어질 수 있도록 이끌 수 있는가? 삶을 살아가는 인간으로서 이 해답을 찾으려고 고민을 하고 전략을 세우고 도전을 했을 것이다. 아마도 절대 다수 사람들이 인생은 뜻대로 되는 것이 아니라고 느꼈을 거다. 그리고 인생의 실패자로 생을 마치는 수많은 사람들이 해답을 찾지 못하고 회한을 남겼을 거다.

사람이 태어날 때 실패와 성공의 가능성은 반반이다. 누구도 태

어나면서 운명이 정해진 것이 없다. 쉽게 사는 삶이 없듯이 우여곡
절 없는 인생은 없다. 성장하려면 고통이 따르는 것이다. 시련 속에
서 내면이 강해지고 나를 더 풍요롭게 만든다. 실패를 굳이 나쁘게
생각할 필요는 없다. 실패 없이 성공만 있을 수 없다. 고통과 시련은
늘 같이하면서 성장하는 것이다. 지난 실패가 없으면 지금의 나도
없을 것이다. 지금은 매일 글을 쓰고 있다. 이것이 지금 나의 모습이
다. 지금 책 쓰는 순간은 가슴에 먹먹함과 뻐근한 통증이 오지만 성
장해가는 나를 다져가는 시간이라서 슬픔보다는 행복이 더 크다.

　살아오면서 가족, 지인, 동료들의 사랑을 많이 받았다. 과분한 사
랑을 받았음에도 소중함을 몰랐던 자신이 부끄럽다. 이제라도 늦지
않게 깨달음에 외쳐본다. 고맙다고. 제2의 인생길에서 나를 자립할
수 있도록 도왔던 하연이, 자존감과 자존심을 키워줬던 하연에게
진실한 감사함을 전한다. 너로 말미암아 내가 행복했다면 너에게도
축복을 주고 싶다. 진심 행복하기를.

3
장

그런데
왜 살고 있니?

꿈과 희망은 무엇인가? 난 풍화된 인생이다. 간절하고 간곡하게 하고 싶은 욕망이 사라졌다. 중년의 나이에도 요즘 머릿속으로 깊은 생각에 잠겨 있다. 책을 읽고 글을 쓰다 보면 더 혼란스러워질 때도 있지만 나를 제대로 바라보고, 거칠게만 느꼈던 삶이 다양한 경험으로 풍요로웠다는 생각을 하게 된다. 아니 바라보는 관점이 달라지면서 경험의 풍부함을 느낀다고나 할까, 아무튼 감사함으로 바뀐다. 치유인지 알 수 없지만 말이다. 또한 사람은 어떻게 살아야 하는가? 성공한 사람의 비결은 무엇일까? 실패한 사람이 고통을 받는 이유는 무엇일까? 인생의 길에서 스스로에게 수도 없이 질문을 하고 답을 찾는 과정을 겪었다.

인간은 항상 취사取捨, 즉 비우고 채우는 문제에 부딪힌다. 이것은 중요한 문제이다. 비워야 할 때 포기할 줄 알아야 하고 다시 채워야 할 때 제대로 선택해서 채움을 실행해야 한다. 모조건 포기하고 비운다고 해서 만사는 아니다. 순순히 비우기를 위한 비우기가 아둔한 짓이라면, 적게 비우고 크게 채운다면 현명한 지혜일 것이다.

내가 그동안 고통스런 삶을 살았던 이유는 버릴 것과 취할 것을 제대로 하지 못한 지혜의 부족이었고, 지금 나에 만족하지 못하고, 감사하지 못하고 막연한 미래만을 꿈꾼 부분도 크다는 걸 깨달았다. 성공한 사람은 과거를 돌아보지 않고 오늘의 선물에 감사하며 최선을 다해 노력한다는 점을 깊이 새기고 있다. 오늘이 모여 내일은 저절로 더 나아진다는 점을.

십대에 프로기사 꿈을 접었다

어렸을 때 명절을 보내거나 집안에 행사가 있을 땐 할아버지 집에 어른 아이 할 것 없이 모두 모였다. 한 방에 둘러앉고 이야기보따리를 털어 놓았다. 어른들은 아이들을 모아놓고 고난의 가족사를 들려주곤 했다. "너희들 아직 태어나기 전에 말이야"로 시작해서 만주벌판 이민사, 일제 치욕사, 한국전쟁 잔혹사, 그 시대의 조상들의 발자취 이야기들이었다. 가족사를 들려주시던 어른들의 이야기가 끝나면 아이들에게 앞으로 커서 무엇을 하겠냐고 빼놓지 않고 질문을 하셨다.

순수한 마음 동화 같은 어린이 세계, 아이들은 무한한의 상상력과 꿈을 품고 모범 답안으로 화답했다. 대통령, 과학자, 장군, 검사, 판사, 의사, 경찰 등 생각할 수 있는 최고 직업은 다 나왔다. 인생관이 아직 뚜렷하지 않고 생각할 능력이 부족한 어린아이들에게는 말할 수 있는 답안이었다.

어렴풋이나마 나 역시 대통령, 장군, 작가, 과학자가 되겠다고 대답했던 것 같다. 이렇게 순진한 꿈을 안고 희망을 품고 어린 시절을 성장해왔다.

너무 어려서 뚜렷한 기억은 아니다. 희미하게 기억에 남아 있기도 하다. 어머님은 삼남매를 낳으시고 건강이 매우 위중하였다고 한다. 병원을 자기 집처럼 입원하셨고 나를 비롯한 젖먹이 어린 애는 할머니 할아버지의 정성스런 사랑하에 있었다. 흙과 풀들로 조성된 시골낙원에서 삼남매는 흙냄새에 젖어 살았다. 내 기억에 뚜렷하게 남은 이미지가 있다. 나는 장기를 좋아하시는 할아버지 무릎에 기대어 대국 관전에 푹 빠져 지냈다.

자연스럽게 나는 십대에 프로기사 되는 게 꿈이었고 희망이었다. 어린 인생을 매진했다. 어린 십대에 기력은 프로급이었다. 십대에 두각을 나타냈고 좋은 성적도 있었다. 아쉽지만 프로기사 꿈은 접어야 했다. 프로기사로는 대성하기 어려웠다. 한국 장기는 민족 장기 민속놀이로 전락했다. 중국 상기나, 일본 쇼기, 서양 체스처럼 발전을 못했다. 짧은 사십 인생에서 첫 꿈이며 희망이었다. 그런데 꿈과 희망이 좌절됐다. 지금도 프로급 기력이 남아 있을 것이다. 꿈을 접은 후로는 대국을 하지 않았다.

십대에 굵직한 사건들이 삶에 커다란 영향을 미칠 줄 몰랐다. 어렸을 때 기억에는 어머님은 건강이 매우 좋지 않았다. 병원 입원하셨을 때나 집에 있을 때나 항상 환자복이었다. 병원에서도 누워계셨고 집에서도 담요를 펴고 누워계셨다. 머리는 하얀 수건으로 감싸고 식사는 미음으로 하셨던 것 같다. 병원에서는 오늘 내일이니 장례를 준비하라고 했다. 집 분위기는 어수선했다. 삼남매 자식들은 모두 어리고 설상가상 제일 어린 새끼는 언어 장애로 말을 못했다. 할머니께서는 불쌍한 벙어리 새끼를 두고 어떻게 가냐고 세상을 원망했고 애절한 곡을 했다고 한다. 비가 오고 우레가 울리면 옥황대제가 자갈길을 건넌다고 하소연을 하듯 비통한 곡을 했다. 곡은 애절함이 절절했다고 한다.

다 같이 못 살던 시대였다. '가전家電'이란 단어가 생소할 때이고 나라도 가난했고 가정도 가난했다. 주거 환경은 따질 필요 없고 기본 의식주를 해결하기 어려운 시대이다. 아버지는 똑똑한 두뇌를 가진 능력자였던 것 같다. 배불리 먹고 따뜻하게 입는 것이 그때의 사명이었다는 점을 생각해보면 마음대로 입고, 마음대로 먹는 것이 어려운 당시 사회 상황을 볼 때, 비교적 풍요로운 삶이었다고 말할 수 있다.

생명의 끈질긴 힘은 위대하다. 할머니의 애절한 곡이 하늘을 울렸을까 어린 새끼들을 남겨두고 영영 갈 수 없었는지 불굴의 의지로 사투를 벌여 병마를 물리치고 어머니 건강이 호전되었다. 삶의 욕망이 저승사자도 어쩔 수 없었던 것 같다. 가정의 기쁨이요 가족의 축복이다.

십대는 이렇게 태풍이 휘몰아치고 지나갔다. 모두 사라졌으니 새로운 시작을 해야만 했다. 학업을 중단하고 진정한 삶의 전쟁터로 나가기로 했다. 시골내기에게 서울은 외계행성으로 느껴졌다. 거리로 나서면 온갖 먹을거리가 눈에 가득 찼다. 먹을 것이 많으니 굶어 죽는 일은 없을 것 같은 느낌은 배고픈 배를 위로하듯 했다. 비가 오나 눈이 오나 몸을 숨겨 피할 곳은 어디에도 있었고, 먼 거리를 이동할 때는 버스나 지하철이 있어 두 발로 걷는 일은 없다고 생각했다.

무더운 찜통더위에도 겨울이 찾아온 듯 시원한 건물들이 많았고, 추운 겨울에는 여름 기온처럼 따뜻한 건물들도 많았다. 낮에는 수레바퀴처럼 이동하는 차들로 붐비고, 해가 저물어 어두운 밤에는 가로등 불빛이 길을 안내했다. 시골에서는 경험할 수도 없었고 눈으로 볼 수도 없는 풍경이었다. 모든 것이 낯설지만 신기했다. 지상낙원이 따로 없었고 이런 게 삶이라고 시골내기는 감탄을 연발했다.

어린 나이에 삶의 욕망, 삶의 열정으로 원대한 꿈을 가질 수 있다. 큰 사람이 되고 큰 부자가 되고 큰 사업가가 돼야 한다고 결심했고 반드시 이뤄낼 수 있다고 믿었고 꼭 성공한 삶을 살아내려고 했다. 그러나 나의 꿈과 삶의 열정은 싹을 틔우기도 전에 사그라들기 시작했다. 긴 세월도 필요 없었다. 짧은 시간에 좌절을 했고 인생길은 험난할 것임을 예감했다. 죽을 수 없다면 살아야 했다. 사회 경험도 전무하고 취직도 힘들고 과연 어떻게 살 것인가? 과연 적성에 맞는 직업은 없는가? 있다면 어떤 직업인가? 과연 내가 할 수 있는 직업은 무엇인가? 별별 생각을 해도 정답은 없었다.

그렇다고 생각을 안 할 수도 없는 고민거리다. 정답을 정확하게 짚어내고 선택할 수는 없다 하더라도 끝없이 생각은 해야 한다. 다른 사람의 인생도 삶도 아니다. 나의 인생이고 삶이다. 다른 사람이 내 인생과 삶을 존중하고 이해해주면 고맙겠지만 그렇다고 내 인생과 삶을 설계해주고 대신 살아줄 수는 없다. 자신의 인생과 삶은 자신의 방식대로 설계하고 선택하고 살아가야 한다. 그리고 자신이 책임을 져야 한다. 이 방식이 최선이어서가 아니라 자신의 방식대로 살아가야 하기 때문이다. 산다는 것은 전적으로 자신의 책임이다. 다른 사람이나 이 세상을 등지고 원망하고 미워할 수도 없고 해서도 안 된다. 세상은 모두의 것이며 인간은 자신의 인생과 삶을 자신의 방식대로 살 뿐이다.

인생은 영원하지 않고, 세상은 아름답지만은 않으며 만만치 않다고 깨우치는 데는 오랜 시간이 필요치 않았다. 모든 것이 내 것은 아니었다. 하루 강아지 호랑이 무서운지 모른다고 했다. 그래도 인생은 도전이라 했다. 세상이 무서워도 젊음에 감사하고 도전하는 용기에 박수를 보낸다. 이것이 행복이고 삶이다.

서울 정착기

아무 데도 갈 곳 없는 신세는 형님한테 얹혀사는 처지에 불과했다. 형님은 아버지와도 같은 존재였다. 배려심이 깊고 자상한 모습은 지금도 가슴에 간직하고 있다. 형님은 항상 양보했고 이해했고 설상 어디라도 아플까 늘 걱정해줬다.

형형색색 번쩍이는 불빛들로 가득 채운 서울의 밤은 아름다웠다. 모든 것이 내 것인 양 기뻐했고 내 것으로 만들 것이라고 꿈을 품었다. 시골내기에게 세상이 만만하게 보였고 세상은 아름답고 삶은 행복하고 인생은 영원할 거라 믿었을까. 그러나 서울 생활은 녹록치 않았다.

체격이 작고 왜소해도 체질이 약한 것은 아니었다. 집을 떠나 타향살이에서 제일 중요한 것이 건강이라고 어머님은 항상 말씀해주셨다. 건강이 중요하다는 게 생명 유지에 가장 중요한 기본이라는 것을 모르는 사람은 없을 것이다. 건강도 삶의 일부분이니까. 평시에 잔병 없이 건강했다. 봄이 가고 겨울이 와도 늘 일자리 문제 때문에 고민했다. 서울 생활 일 년쯤 되던 아주 추운 겨울이었다. 도서관에서 공부하고 주유소 아르바이트 일이 끝나면 시간이 지천으로 남아돌았다. 교회에서 독거노인 연탄배달하기 활동에 참가했었다.

당시 용산구 이태원동 이슬람 사원이 있는 언덕 위 높은 지대에 살았다. 말이 언덕이지 먼 옛날엔 산이라고 했다. 광복 후 서울 인구가 폭발적으로 증가하면서 사람들이 집을 짓고 도로를 내면서 지금의 모습이 되었다고 한다. 이슬람 사원이 있는 동네는 높은 지대에 꼬불꼬불 좁은 길로 연결되어 차들이 이동하기엔 불편한 곳이었다. 게다가 겨울에 눈이라도 오면 언덕 비탈길은 차들이 오르지 못하는 구역이 많았다. 연탄차가 오르지 못해 오백 미터, 일천 미터의 골목길은 인력으로 연탄을 날랐다. 오백 미터 넘는 골목길을 연탄을 이고 오르내리기를 몇 번 하면 땀으로 내의가 흠뻑 젖는다.

연탄을 나르고 몸이 피곤해서 잠깐 땀을 식히고 마무리 지었다. 한잠 자고 깨어도 평소와 달리 몸이 개운치 않는 듯했다. 오늘 따라 일천 미터 거리를 연탄을 나르고 피곤해서 그런가 보다 생각했다. 다음날 아침 감기 기운이 조금 있었다. 나이도 젊고 시간이 지나면 괜찮겠지 하고 도서관에서 독서를 하고 주유소에서 아르바이트 일을 했다. 일주일이 지났어도 호전은 않고 병세는 조금 심해진 듯했다. 두통이 심하고 몸은 오싹하게 움츠려들고 콧물에 코 막힘이 있었다. 병원진료까지는 생각도 안 했다. 그때까지도 혼자서 병원에 가거나 약국에 갔던 기억도 없었다.

어렸을 때 내가 아프면 할머니가 만사형통이었다. 약이며 영양제며 음식이며 부족함이 없이 챙겨주셨다. 아낌과 정성이 듬뿍 담긴 기억뿐이다. 조금 더 버티면 낫겠지. 시간이 지나면 낫겠지 하고 열흘쯤 더 지났다. 병은 키우지 말라는 뜻도 이때 알았고 할머니의 아낌과 정성은 사랑이고 약이란 것도 이때 알았다. 병과 함께한 지 이십 일쯤 됐을 때다. 통증으로 머리는 천근만큼 무겁고 어지럼까지 있었다. 코는 꽉 막혔고 목이 메어 말을 못했다. 오기가 발동했는지 아니면 죽고자 환장했는지 이삼 일을 더 버텼다. 삼 일 후 다리는 덜덜 떨었고 몸뚱이는 화산바위처럼 불덩어리가 되었다. 몸을 가누지 못해 이불을 덮고 땀을 뺀다는 것이 잠이 든 것이 아니라 의식을 잃었다.

깨어났을 때 병원 침실 위였다. 나중에 알았는데 한남동 순천향대학병원 응급실에 실려 왔다고 했다. 형님과 이모네 셋째 형님이 계셨다. 형님들의 눈빛은 어이없다는 뜻이다. 의사선생님 간호사님도 마찬가지였다. 경험이 부족했다. 때마침 형님도 지방 출장으로 옆에 없었다. 어쩌면 형님을 오시기를 기다리고 있었을지도 모른다. 바보같이 죽는다는 것도 모르고 버텼으니 하늘에 계신 아버지는 속을 얼마나 쓸어내렸을까. 감기로 버티다가 응급실에 간 것이 인생의 처음이자 마지막이었다.

서울 정착과정에서 이때가 어려운 시기였다. 특히 일자리 문제가 큰 어려움이었다. 촌티 냄새나는 왜소하고 경험이 없는 사회 초짜에게는 모든 것이 큰 장벽처럼 느꼈다. 공부도 큰 문제점이었다. 잘하는 것이 없다. 배운 것도 없다. 노동일은 해본 적도 없고 일을 잘하는 것도 아니다. 한국 장기 외는 잘하는 것이 없었다. 공부를 해야 했다. 서울 생활을 하면서 확고해졌다. 공부만이 앞길을 보장해주는 것이다.

사회 경험이 전무하고 배운 것이 없기에 사무업무에 커다란 문제가 있었다. 무역, 여행, 사무직 등의 회사에 취직해도 실력이 부족했다. 외국어 소통이 불가능했고 비즈니스에 대해 아는 게 없었다. 하나하나 배우면서 시작하는 것은 너무 비효율적이다. 제조 분야도 마찬가지였다. 배워야 하고 공부해야 했다. 어쩔 수 없어 건설현장 일을 하려고 했다. 공부를 하려면 돈이 필요했는데 건설현장 일은 월급이 높다고 들었기 때문이다. 기술이 필요 없고 힘도 필요치 않으며 능동적으로 열심히 일만 잘하면 된다고 했다. 아무것도 모르는 나는 열정으로 일을 시작했다. 그러나 열정만으로 되는 일이 아니었다. 거기도 기술도 필요하고 힘도 필요했다. 실력이 있어야만 했다. 토목, 철근, 목수, 미장 등 여러 일을 시도했으나 퇴짜였다. 이유는 대동소이했다. 일을 할 줄 모르고 사고 위험이 있다는 것이다.

인생길은 사회나 국가가 찾아주지 않는다. 단지 인간에게 똑같은 환경을 제공할 뿐이다. 그 길은 자신이 찾아야 한다. 찾지 못할 경우 다른 사람에게 고민을 털어놓고 상담도 해보고 조언도 들어본다. 그렇다고 길을 찾아달라고 할 수는 없다.

분명 나의 직업이 있을 거다. 인간은 일할 직업, 먹을 음식, 입을 옷을 세상에 올 때 자기의 몫으로 가지고 온다고 한다. 아직 찾지 못했을 뿐이다. 그래서 고민하고 생각하고 밤잠을 설치고 뒤척거렸다. 밥을 먹다가도 넋을 잃은 듯 멍하니 생각에 잠기고, 좋아하던 TV 쇼 프로그램도 보지 않았다. 담배는 더 많이 피웠고 얼굴은 탄 듯 시커멓게 됐다.

간만에 형님하고 술을 하고자 퇴근하기를 기다렸다. 오전만 해도 눈이 내렸다. 오후에 기온이 올라가며 포근해지고 하늘도 변덕스럽게 눈에서 비로 변해 주룩주룩 내리고 있다. 따뜻한 국물이 제격이라며 이태원 소방서 뒷골목의 버섯전골 전문점에 자리를 틀었다. 소주 몇 잔을 오가며 분위기도 홀가분했다.

"사람은 자기 먹을 몫을 가지고 태어난다. 하늘이 무너져도 솟아날 날 구멍이 있다."

형님은 고민할 필요 없다는 듯 한마디 했다. 어차피 인생은 평탄치 않을 것이며 인생은 생각대로 되지 않는다는 것이다. 이제 사회에 첫 발걸음을 했다며 인생 진로는 급하게 결정해서도 안 되며 고민한다고 바로 해결되는 것이 아니다. 형님도 나의 상황을 잘 알고 계신 것 같았다. 평소에도 동생 일이라면 제일 먼저 발 벗고 나서며 일을 해결해 주었다. 항상 자신의 일처럼 신경 쓰시고 고민하고 함께했다. 무엇보다도 동생의 소견을 존중해주고 얘기도 잘 들어주었다. 지난번 응급실 소동 이후 형님은 더 섬세하고 더 마음을 쓰는 것 같았다.

따뜻한 국물에 술을 더 주문하고 마셔도 취하지 않았다. 차라리 정규직보다 아르바이트를 하라고 형님은 말했다.

"너는 집중력이 좋고 인내심이 있다. 이것은 장점이다. 학습열과 연구열이 높다. 대국할 때 조용하면서 깊은 수읽기를 하는 모습을 보면 대견스러웠다. 막노동 잡일보다는 기술직에 도전해라."

형님은 설득하듯 강연하듯 조언을 해줬다. 생각해보니 틀린 말씀은 아닌 듯했다. 오직 깊은 수읽기를 하며 연구하고 공부하며 또 연구했다. 그래서 어린 나이에 좋은 성적을 냈다. 해주신 말씀이 맞는다는 뜻으로 머리를 끄덕였다. 그렇다고 기원을 운영할 수도 없다. 쟁쟁한 프로기사님들이 이미 기원을 운영하고 있었다. 한국 장기는 확장성이 소진하여 시장이 별로 없고 한국 장기를 배우려는 어린아이들이 없다. 과연 무엇을 할까? 어떤 직종의 기술을 배울까? 어떤 직종이 장래가 촉망할까? 생각해도 문득 떠오르는 직종이 없었다.

형님은 이미 정답을 알고 있는 듯했다. "컴퓨터 배워."라며 힘주어 말했다. 의외였다. 컴퓨터의 '컴'자도 몰랐고 컴퓨터가 무엇을 하고 어떤 일을 하는지 알 수 없었다. 접해본 적이 없었기 때문이다. 영화에서 전문 도둑들이 TV처럼 생긴 화면에서 글자나 숫자를 입력하고 암호를 해독해서 은행이나 정보를 빼내고 작전을 짜는 장면은 보았지만 일상생활에서 컴퓨터를 다루어본 적은 없었다.

형님은 컴퓨터를 아는 것 같았다. 앞으로 컴퓨터 시대가 올 거다. 지금은 초기단계이고 일상생활에 파고들지 않았지만 멀지 않아 생활에서 필수품이 될 것이고 보편화할 것이다. 지금은 전자화 시대로 들어가고 있는 시점이라고 했다. 산업화가 발전하면서 전자기술 시대는 필연적이라고 했다. 일상생활에서 많은 변화가 올 거라고 했다. 앞으로 십 년 내에 컴퓨터는 가정집에서도 쉽게 볼 수 있고 TV는 더 얇게 에어컨은 더 청정하게 좋은 제품들이 생산되고 가정집에도 보편화될 것이라고 했다. 회사, 단체 심지어 국가 간에도 모두 컴퓨터로 연결되며 컴퓨터로 통신하며 소통하고 정보를 공유하게 된다고 했다. 더욱 놀라운 것은 컴퓨터로 집에서 모든 것을 할 수 있다고 했다. 은행 가지 않고도 집에서 컴퓨터로 송금을 할 수 있고, 마트에 직접 갈 것 없이 중국집 짜장면 배달하듯이 컴퓨터로 주문하면 배달이 되고, 소리로만 통화를 할 수 있던 전화도 얼굴도 보면서 화상으로 통화할 수 있다고 했다.

나는 눈이 휘둥그레졌고 상상도 못한 얘기를 듣고 공상과학 영화에나 나오는 장면들이 현실로 된다고 하니 믿을 수 없었고 꿈인 듯 들뜬 마음을 진정시켰다.

형님은 계속 말을 이어갔다. 사업도 컴퓨터로 하고 돈도 컴퓨터로 번다고 했다. 놀라운 것은 국가 간 전쟁도 컴퓨터로 한다고 했다. 컴퓨터 버튼 하나로 상대국을 패배시키고 전쟁에서 승리할 수 있다고 했다. 놀라웠다. 그리고 믿을 수밖에 없었다. 형님은 허풍쟁이가 아니다. 이십여 년 지난 지금에서 생각해보면 모두 맞는 말이고 정확했다.

세상은 무서웠다. 세상은 변화무쌍하게 전진하는데 나는 왜 몰랐을까? 세상이 두렵고 두려웠다. 내가 생각하는 세상은 절대 아니었다고 깨달았다. 고민이 됐다. 이렇게 만능을 가진 컴퓨터를 배울 수 있을까? 배우려면 어떻게 배워야 하는지? 복잡하고 고난이도이고 과학의 집합체라 할 수 있는 컴퓨터를 과연 배울 수 있을까? 내 머리로 지식으로 배울 수 있을까? 생각만 해도 두려움이 앞섰다.

형님은 거침이 없었다. "걱정마라 너는 할 수 있다. 인내심이 있는 것은 끈질긴 생명력이 있는 것과 같다. 너는 머리도 좋고 변덕성도 없다. 또한 연구하고 발견하고 공부하는 열정은 누구도 따라 올 수 없다. 그 열정으로 컴퓨터를 배우면 성공할 거라 확신한다."며 기대를 저버리지 않는다고 눈빛으로 말해줬다. 내일부터 당장 도서관에서 컴퓨터 관련 책들을 보면서 공부하고 고민하며 생각하라고 했다.

형님 효과라 할까. 기계처럼 움직였다. 다음날부터 교보문고에 출근하다시피 했다. 세상에 나온 컴퓨터 책은 모두 읽을 듯 읽고 또 읽었다. 읽으면서 느꼈다. 컴퓨터도 사람이 만든 거고 책도 사람이 펴낸 것이다. 배우면 되겠다는 확신이 들었다. 또 다른 느낌은 책만 읽어서는 안 되고 학원에서 전문적으로 배워야 하고 컴퓨터를 직접 다루며 실전을 해야 한다는 것이었다. 학원을 갈려면 돈이 있어야 하고 컴퓨터도 구매해야 한다. 아르바이트 수입으로는 학원비에 생활비에 턱없이 부족하다. 형님에게 얹혀서 사는 신세에 더 이상 마음의 빚을 안고 살 수 없다. 여자 친구의 도움을 받는 것도 자존심이 꺾이는 일이다. 무슨 일이 있어도 취직을 해야 했다.

어느 날 형님은 거여동 근처에 있는 학원을 찾아가라고 했다. 일자리도 마련되었단다. 그 회사가 거여동에 있는 고가구 포장회사였다. 출퇴근 시간을 이용해 학원에 가기에 좋았다. 회사 근처에 있으면 학원 가는데 편하기 때문이었다. 컴퓨터도 주문했단다. 나중에 성공해서 돈을 벌어 갚으라고 부담을 덜어줬다. 다시 형님의 절대적인 도움을 받아 컴퓨터 인생길을 시작했다. 형님의 무한한 사랑이었고 감동이었다. 이로 인해 컴퓨터 직업을 선택했고 평생 컴퓨터와 함께하게 되었다. 노트북 인생이 탄생한 연유다. 오늘날 노트북 수리 전문가로 남은 발판이 되었다.

거여동 회사에서는 고가구를 포장하고 컨테이너에 싣는 것이 주업무였다. 오전 9시 출근이고 오후 6시 퇴근이다. 천호동역 근처에 컴퓨터전문학원에 등록했다. 새벽반을 선택했다. 퇴근 후 저녁 공부를 하려는 이유 때문이었다. 초봉이 60만 원이었다. 육 개월 후 팔십만 원 받는 조건이었다. 괜찮았다. 아껴 쓰고 절약하면 학원비에 생활까지 가능했다. 지하철 비용이 5백 원 할 때였다. 회사 학원 하루 왕복에 2천 원 교통비는 부담으로 느꼈다. 라면 한 봉지에 2백 원대이고 초코파이 한 개당 일백 원에 비하면 한 달에 육만 원이면 결코 작은 금액은 아니었다. 이태원에서 거여동 그리고 천호동 학원까지 소요되는 교통시간이 너무 아까워 나중에는 회사 창고에 간이침대를 만들고 숙식도 함께 해결했다. 공부할 시간도 많아졌고, 비용도 절약하고, 무엇보다도 태어나서 처음으로 혼자 사는 독립을 했다. 비록 열악한 환경이지만 '독립'에 의미를 두었다.

'독립'생활은 쉽지 않았다. 회사 업무를 끝내고, 학원을 다니자니 공부 시간이 항상 부족했다. 손빨래 하고, 밥 짓고, 음식 만들기는 초보자에게 많은 시간을 빼앗아갔다. 샤워는 회사 주방 수도에 호스를 연결하여 냉수마찰을 했다. 학원비, 생활비, 책 구매 비용은 부족했다. 저렴하고 편리하고 맛있는 라면을 주식처럼 먹었다. 그래서 지금은 라면을 먹지 않는다. 학원은 일 년 정도 다녔고 회사도 정리했다. 컴퓨터 전공은 하드웨어를 선택했고 회로수리를 전문으로 배웠다. 학원은 이론으로 교육한다. 실전 경험이 전무했다. 컴퓨터 회사에 취직해서 실전경험을 쌓는 것이 절대적으로 필요했다.

하늘에 계신 아버지께 감사드린다. 어린 시절 프로기사 꿈으로 섬세함과 꾸준함을 선물 받았음에 감사한다. 또한 취직이라는 거대한 벽이 있었기에 컴퓨터에 도전할 수 있었다. 그러한 선택을 할 수 있게 한 형님의 조언과 헌신은 오늘의 나를 있게 했다. 진심으로 감사한다.

사회진출 새내기 삶이 시작되다

　이론으로 무장했지만 경력이 전무한 학원 출신은 받아주는 곳이 없었다. 그런데 컴퓨터 회사에 취직이 되더라도 잡일이나 보조역으로 시작한다. 그런데 시간 여유가 없었다. 돈을 벌어야 했기 때문이다. 월급은 적더라도 실전을 경험할 수 있는 회사만 찾았다. 쉽지 않았고 불가능에 가까웠다. 누군가의 도움이 절실했다. 어쩔 수 없었다. 실전 경험을 쌓아야 취직도 쉽고 돈도 벌 수 있고 우선 살아야 했다. 형님에게 부탁했다. 형님 지인이 컴퓨터 수리업을 하고 있었는데 구매한 컴퓨터도 이 지인이 해줬다. 난처한 형님도 다른 방법이 없었는지 지인에게 부탁을 해서 꿈에 그리던 실전 수리를 배우게 되었다. 실전을 통해 실력이 인정받을 때까지 스스로 무급을 선택했다.

　컴퓨터 회사 사무실은 효창공원 근처에 있었다. 돈도 아끼고 운동도 할 겸 이태원에서 효창공원까지 걸어서 출퇴근했다. 도보로 한 시간 넘는다. 오전 일찍 출근해서 저녁 늦게 새벽이나 되어 퇴근하곤 했다. 누가 시켜서 한 것도 아니다. 낮에는 전문가인 팀장님과 동행해서 실전을 배우고 경험을 쌓았다. 모두 퇴근 후 저녁시간에만 공부하고 수리하고 연구할 수밖에 없었다. 누가 하라고 지시했으면 못했을 거다. 수리 일이 좋아서 했고 배우고자 하는 의지로 했다. 전자 소자 부품이 따닥따닥 납땜된 고장 난 메인보드를 붙들고 사투를 벌였다. 정신 나간 듯 열중하는 모습은 진풍경이었다.

전자회로도 없이 고장 난 메인보드 수리는 쉬운 것이 아니었다. 회로를 따라 분석하고 쌀알 같은 작은 부품들을 점검하고 부품 중 양품과 불량품을 찾아내고 고장 난 원인을 알아내는 것이 수리의 기본이고 핵심이다. 이것은 절대 쉬운 게 아니다. 바다에서 바늘 찾기와도 같다.

컴퓨터를 자유자재로 수리를 하고 그 기술을 배우는 게 쉽지 않았다. 하루 이틀에 한 달 두 달에 완성되는 거 아니다. 그래도 배우는 재미는 있었고 시간도 빨리 지나 칠 개월째 생긴 일이다. 어느 날 사장님이 혼자 거래처에 방문해서 A/S서비스를 하라고 지시했다. 회사 고객은 일반 가정집도 많았고 회사 거래처도 많았다. 방문할 회사는 무역회사다. 용산역 앞 맞은편 국제빌딩 8층이다. 처리 업무는 윈도우 설치이다. 회사 컴퓨터 윈도우 설치는 윈도우 98 설치만 하는 게 아니다. 팀장님 동행 때 기억을 살펴보니 여러 작업이 필요했다. 처리시간은 한 시간 반 정도 소요된 듯하다. 윈도우 설치 전 준비할 작업들이 있다. 요즘 회사 직원들의 컴퓨터 사용 수준은 프로급들이다. 데이터백업, 네트워크, 프린터, 스캐너 등 연결은 자동으로 된다. 그때는 완전히 달랐다. 모두가 컴퓨터 초짜들이고 컴퓨터에 잘 아는 사람이 많지 않았다. 그래서 항상 사전 준비할 거 및 작업할 정리목록이 필요했다. 과정은 아래와 같다.

1. 사내 메일 주소록 확인 및 백업(필수 중요)
2. 컴퓨터 내 데이터 확인 및 백업
3. 네트워크 환경 (설정내용 IP주소 등 필수 메모)
4. 프린트 스캐너 연결 상태 확인, 장치 드라이브 파일 사전 준비(다운로드)
5. 컴퓨터 메인보드 확인 및 장치 드라이브 사전준비
6. 회사 내 사용하는 프로그램 확인
7. 시모스(SMOS) 부팅 순서 설정
8. 윈도우 설치 시작

윈도우 설치 후 위의 준비하고 확인 내용을 다시 설정하고 연결하고 마무리한다. 일반 가정집과는 달리 회사는 이러한 작업들이 필수이다. 경험이 많은 기술자에게는 일상 업무지만 초보 기술자에게는 섬세함과 정교함이 필요하다. 물론 방문해서 작업하는 데 큰 어려움은 없을 듯 자신감이 있었다.

제일 중요한 것은 회사 메일함 백업 및 복원이다. 사장님이 강조한 부분도 메일함 백업이다. 회사 내 무역 거래내역이 메일로 주고 받고 영업을 하고 업무를 한다. 만약 실수로 메일함을 빼먹거나 복원이 안 되면 엄청난 큰 문제가 발생한다. 메일 내용의 가치는 금액으로 정하기 어렵다. 메일의 중요성에 따라 회사의 이익과 직결되기에 배상은 금전으로 해결하기 힘들다. 실수가 없어야 하고 절대로 실수를 해서는 안 되는 부분이다.

회사마다 회사 내 메일 주소록 위치 설정이 다르고 사용하는 프로그램에 따라 다르다. 몇 번 동행해서 배웠는데 막상 혼자서 하려니 생각이 잘 나지 않았다. 중요성을 알기에 바로 팀장에게 문의를 해도 설명을 듣고서도 잘 이해가 되지 않았다. 우선 팀장님 지시대로 메일함을 백업을 했다. 운영체제에 따라 주소록 위치가 다를 수 있고 프로그램 버전에 따라 위치가 조금 다를 수 있다. 조금만 달라도 심각한 문제를 초래한다. 팀장님도 눈으로 확인 않고 경험으로 지시한 만큼 백 퍼센트 정확히 일치하다고 자신이 없었다. 너무 불안해서 주소록 백업 외, 메일 프로그램 폴더 전체를 따로 백업을 해놓았다. 다행이지만 이것은 신의 한수였다. 메일 주소록 백업과 싸우느라 하얀 와이셔츠는 땀으로 젖었고 등의 갈비고랑으로 땀은 줄줄 흘렀다. 메일 주소록 백업에만 한 시간 넘게 소요했다. 나머지 작업도 침착하게 섬세하게 작업을 마무리 지었고 시간은 세 시간을 넘겼다.

마무리하고 사무실에 도착 십 분도 안 돼서 전화가 왔다. 메일함에 메일이 없다는 것이다. 분명 정확히 백업을 했다고 믿었다. 고객은 거짓말을 않는다. 어느 수순에서 잘못된 것이다. 너무 당황했고 놀랐다. 바로 사장님과 팀장에게 설명을 했다. 잘못될 것을 대비하여 폴더 전체를 백업한 것도 보고했다. 재방문하여 마무리해야 한다. 못 갔다. 쪽팔려서다. 작업 내내 전산실 여직원과 담당 여직원이 옆에서 지켜봤다. 잘 안 되니 급하고 옆에서 지켜보니 더 당황해서 땀이 물 흐르듯 흐른 것이다. 아무 말 하지 않아도 서툰 동작에 쩔쩔매는 모습에 실망했을 거다. 눈을 마주치면 개뿔도 모르는 놈이 수리를 한다는 눈빛으로 보였다. 예쁜 여직원 면전에서 쪽팔리니 기분도 잡쳤고 자존심도 상했다. 다시는 갈 수 없다고 팀장에게 설명까지 했다. 폴더 전체를 백업한 게 다행이라며 결국은 팀장님 직접 가서 마무리 지었다.

배우면서 수리하면서 실수를 하고 심지어 제품이 파손되는 일도 많았다. TV나 모니터 수리를 배울 때도 웃지 못할 일도 많았고 울고 싶을 때도 많았다. TV나 모니터는 액정이 생명이다. 실수로 액정에 흠집이 생기는 일도 있었다. 치명적이다. 배상하는 것 외에 방법이 없다. 액정을 보관할 때는 절대로 일자로 세우지 않는 습관이 생겼다. 전원보드 수리 때는 안전장치를 추가하며 절전장갑을 착용하는 습관이 새로 생겼다. TV의 전원보드는 위험하다. 220볼트 전원으로 직접 연결이 된다. 220볼트에 감전되면 사망할 수도 있다. 사망하지 않더라도 감전이 되면 살이 익혀져서 곪는다.

노트북은 내공이 필요하다. 노트북 메인보드 수리는 마냥 보고 따라만 해서는 진정한 수리공의 고수가 될 수 없다. 연구하고 공부는 필수이다. 전자 관련 지식이 있어야 한다. 노력만큼 실력이 향상한다. 공부하고 지식이 있고 노력해도 부족한 것이 있다. 바로 경험이다. 전자회로도 없이 수리하기 때문에 경험이 실력이고 재산이다. 빠른 수리, 완벽 수리, 저렴한 수리는 경험에서 나온다. 실수를 없애는 것은 경험뿐이다. 경험이 절대적 수리기술의 생명이다.

배울 때는 실수를 하면 후회되고 자신을 탓하고 질책도 한다. '세월이 약이다.'라는 말이 있다. 배우며 실수할 때는 괴로웠지만 지금 생각하면 후회도 질책도 추억으로 남았다. 노트북은 분해도 중요하고 조립도 중요하다. 분해 기술이 없거나 요령이 없으면 분해 중 케이스 흠집이나 파손으로 이어진다. 액정도 쉽게 깨진다.

노트북 수리를 배울 때 많이 발생하는 실수가 분해 중 흠집이나 파손이다. 힘으로 억지로 분해하면 무조건 파손이 된다. 플라스틱 재질로 만든 케이스가 보통이다. 케이스 간 맞물리는 데는 나사못도 있지만 대부분 고리로 서로 물려 있어 힘으로 하면 고리가 떨어져 나가 조립이 안 된다. 이것도 금전 배상이 최선이다.

노트북 액정을 수리하거나 교체할 때는 반듯이 분해를 한다. 액정을 감싸는 바젤 부분은 너무 약해서 쉽게 깨진다. 액정 역시 쉽게 깨진다. 액정을 고정하기 위해 액정과 케이스 사이에 양면 테이프로 붙인다. 조심해서 분해하고 내공이 필요하다. 알루미늄 재질로 만든 케이스도 있다. 이런 케이스는 분해를 하지 않는 것이 좋다. 수리를 위해 분해 전 반드시 고객에게 설명을 해주고 흠집이 나도 배상을 하지 않는다는 확언을 받고 시작해야 한다.

노트북 수리는 조립도 일부분이다. 수리는 잘하고도 조립을 잘 못해서 완전히 패가망신 당하기 쉽다. 조립 때 섬세하게 진행할 필요성이 있다. 중요한 사실은 나사못을 쪼일 때 조심조심해야 한다는 것이다. 노트북에 사용하는 나사못은 크기가 일정하지 않고 두께도 다르다. 특히 나사못의 높이 길이에 따라 사용하는 부위가 다르다. 두꺼운 나사를 얇은 곳에 억지로 박으면 파손이 된다. 짧은 나사못을 박을 위치에 긴 길이에 높은 나사를 박으면 케이스를 뚫고 나온다. 케이스 뚫고 나오면 변명의 여지가 없다. 무조건 신품으로 교체하거나 타협해서 배상을 해줘야 한다. 수리해주고 배상까지 하면 금전적 손해는 그렇다 치고 수리공 자격 자체가 문제가 된다.

노트북을 분해 후 내부는 장치 간 연결은 케이블을 사용한다. 가늘고 짧아 힘으로 하면 케이블이 끊어진다. 실수로 끊어지면 복구하는 데 시간도 필요하고 복구가 불가인 경우도 있다. 수리하고 조립할 때 많이 발생하는 것이 케이블 연결을 않고 조립하는 것이다. CPU쿨러, 스피커, 무선 랜선, 터치패드 등 케이블 연결을 않고 조립하는 경우가 많다, 당연히 정상작동이 되지 않는다. 다시 분해하고 또 다시 조립해야 한다. CPU쿨러 경우 연결되지 않으면 CPU칩이 사망할 수도 있다. 웃지도 울지도 못하는 일이 발생한다.

배움의 열정을 막을 수는 없었다. 시간은 빠르게 지나갔다. 무급에서 유급으로 전환되었다. 최고 기술력을 인정받아서 유급이 된 것은 아니다. 대단한 것도 없다. 누구나 할 수 있다. 다만 노력하고 노력했다. 공부하고 매사에 성실히 임했다. 통장으로 월급이 입금된

것을 확인하고 나서야 해냈다는 생각이 들었다. '이것이 내가 찾는 직업이구나.'

지난 서울 정착기에 관한 기억이 그림 보듯 눈앞에 펼쳐졌다. 취직도 안 되고 받아주는 곳이 없었던 기억, 건설현장에서 퇴짜를 맞던 그 순간, 고깃집에서 숯불 피우던 모습, 배달일도 적응을 못해서 어려움을 겪었던 일들이 뇌의 전파를 타고 보여주는 장면은 나 자신에게 맞는 직업을 찾는 과정이었다. 그 과정은 수많은 고민과 고뇌 고통의 순간이었다.

지금 돌이켜보면 짧은 날들이지만 그 시절엔 그토록 긴 세월처럼 느꼈고, 세상이 받아주지 않는다고 좌절을 했었고, 세상을 미워하기도 했다. 이것이 삶의 과정이다. 인생이 순탄치 않다는 것이다.

노트북 수리를 배우면서 기술만 배운 것이 아니었다. 인생의 기술, 삶의 기술도 배웠다. 노트북 수리처럼 섬세함이 요구할 때 더 정교하게, 급할 때는 좀 더 빠르게, 천천히 할 때는 조금 더 인내하고, 집중할 때는 더욱 정직하고 성실하게 인생도 수리하는 것임을 말이다. 이제 겨우 첫 직장을 얻은 것이다. 인생의 길은 아직 멀기도 하고 삶은 이제 시작이다.

무엇보다도 형님에 대한 고마움은 말로 표현이 어렵다. 응원을 아끼지 않던 여자 친구도 고맙고, 나를 받아주고 배려해주신 컴퓨터 사장님도 고마웠다. 고객들도 감사했고 주변사람들도 감사했다. 세상에도 감사하고 더 성숙해졌다는 것에 감사를 했다. 세상에 살아가는 데 시간과 장소 시기가 필요하다는 것, 삶에 있어서 혼자 사는 게 아니라 같이 산다는 것을 조금은 깨달았음에 고맙고 감사했다.

삶이 재촉하듯 시간도 재촉했다. 무급으로 입사해서 유급으로 전환되고 어느덧 일 년에 더해 이 년이 가까웠다. 기술은 배울수록 기술을 습득하고 익히는 시간이 짧아지는 것이다. 하루가 다르게 기술력도 향상되었다. 자신의 노력과 공부하는 열정이 있었겠지만 회사 선배들 전문가의 지도, 주변의 도움이 있었기에 좋은 실력을 쌓고 있었다.

메인보드 회로수리 외 컴퓨터 A/S 기술은 꽤나 숙련이 되었다. 윈도우 설치, 프로그램 세팅, 조립, A/S 기술이란 무한 반복의 실전 훈련은 더 이상 어려운 것이 아니다. 의기소침하고 소심했던 성격도 변화가 생기고 있었다. 낯선 사람하고는 대화가 잘 되지 않았던 어려움도 좋아지고 있었다.

서비스업에서 대인관계처럼 중요한 게 없다. 기술이 좋고 아무리 뛰어나도 찾아오는 사람이 없으면 아무 소용이 없다. 매일 고객들을 만나고 컴퓨터에 이것저것 말이 오가면서 만남의 횟수가 많아지고 대화의 횟수가 많아지다 보니 대화는 자연스럽고 부드러워졌다. 공동 관심사에 공감이 되면서 대화도 질적으로 변화가 생겼다. 대화에도 자신감이 생겼다. 고객대응방법, 상담방법, 영업화법, 대화대처 방법이 몸에 익혀져갔다. 회사의 대화방법 교육도 병행하면서 놀라운 성과를 얻었다.

수리 기술도 하나하나 배워가듯이 인생도 차곡차곡 경험을 더해

갔다. 이제 겨우 조금 얻은 성과에 만족하고 태만하면 안 된다. 아직 갈 길이 멀다. 메인보드 회로 수리는 겨우 걸음마 수준이다. 매번 수리해도 새로운 것을 발견하고 있다. 새 제품이 나오면 수리방법도 조금씩 달라지곤 한다. 평생 공부하고 새것을 배워가면서 수리를 하는 것 같다. 고장증상도 다르고 그에 맞는 수리방법도 다르다. 인생도 세월이 흐르며 배워가면서 경륜을 쌓듯 노트북 수리도 시간이 흐르고 경험을 쌓으며 수리를 하는 것이다.

컴퓨터 수리에 관해서 제법 능수능란했다. 노트북 수리 모니터 수리도 전문가다운 모습을 갖추어 가고 있었다. 고객대응에서도 침착하고 믿음을 주는 전문가로 변모하고 있었다. 입사할 때 배우겠다는 신념 하나로 연장을 들고 설쳐대든 모습도 삼 년이 지난 과거가 되었다.

제2 도약이 필요했다. 기술력도 인정되고 수리하는 모습은 전문가라며 이제는 더 크고 넓은 물에서 새롭게 도전하라고 사장님도 진심 어린 조언도 아끼지 않았다. 높은 곳에서 시야를 넓혀 멀리 내다봐야 한다. 지금까지 기술을 배우고 기초를 닦는 첫 단계라면, 경험을 쌓고 능력을 발휘하는 제2단계 도전이 필요했다. 무에서 유까지 조금의 우여곡절이 있었다. 이십대에 기술을 배우고 직업을 선택하고 삶의 기초를 닦는 시기였다. 이십대 삶은 희망이 있었고 열정이 있었다.

컴퓨터 열풍으로 꿈꾸던 삶이 시작되다

　사장님은 제2 도약을 위해서는 새로운 직장을 찾아야 한다고 했다. 이직하고 직장을 옮긴 데는 사장님의 결정적 도움이 있었다. 제2 직장은 강남 도곡동에 있었다. 제법 규모가 큰 회사였다. 여러 개 부서로 나뉘어 있고 보고라인도 체계화되고 직원 복장, 출퇴근 매뉴얼도 잘 정제돼 있었다. 불과 몇 년 전에 취직해도 안 되고 받아 주는 곳이 없었다. 그때를 생각하면 꿈도 꿀 수 없는 회사이다. 대기업은 아니지만 중견기업에 취직한 것도 생애 처음이다. 기술 차이 경험 차이뿐이다. 받아 주지 않던 회사들이 기술 경험 있다는 이유로 받아준 셈이다. 면접하고 며칠 뒤 합격통보를 받았다.

　서비스 2팀에 배정받았다. 주요 업무는 파견근무이다. 거래처 회사 전산실에 상주하면서 유지보수를 총괄한다. 복장은 정장에 넥타이 착용하라는 회사 지침이다. 생애 첫 정장에 넥타이에 구두까지 단장했는데, 그전에는 머리부터 몸도 깔끔하게 치장하고 출근해본

적도 없었다. 뿌듯했다. 진정한 샐러리맨이 되었고 넥타이에 정장까지 외관상 보기엔 그럴듯했다. 진정 꿈꾸던 모습이다. 서울에 상경전 희망했던 안정된 직장이다.

첫 출근하던 날 예정 출근시간보다 삼십 분 앞당겨 도착했다. 뿌듯했고 흥분했고 긴장하기도 했다. 출근 며칠 전 회사상황, 수칙, 업무내용 등을 어느 정도 인지했다. 팀장이 안내하며 동료 선후배들에게 인사를 하고 간단한 업무 지침을 전달받았다. 삼 개월 동안은 적응과도기라고 했다. 한 달 내에 파견 근무지 업무를 파악하고 현재 담당자에게 인수인계를 철저히 받으라는 지침이었다. 파견 근무지는 서울 서부역 뒤 만리동이었다. 일반 사람도 알 만한 중견 대기업 회사이고 스포츠 등산 의류전문으로 하는 무역회사였다.

담당자와 함께 파견근무를 시작했다. 처음에는 막막했다. 과연혼자서 할 수 있을까? 겁부터 났다. 지하 2층 지상 8층으로 된 회사건물이다. 지상 1층 매장 외 8층까지 사무동이다. 수백여 명 직원이일천여 대 가까운 컴퓨터를 사용하고 전산실 직원만 일곱 명이다.전산실 직원이 여러 명에도 불구하고 외주를 준다는 것에서 업무량이 짐작이 간다. 파견 직원은 오전 10시에 출근해서 오후 5시에 퇴근을 한다. 오전에 출근하면 십여 대의 고장 난 컴퓨터가 기다리고있다고 했다. 식사는 지하 사내식당에서 해결하고 출퇴근은 정확하다. 전산실 직원들이 가끔 도와주지만 혼자서 전부 해결하는 편이라고 했다. 느릿하게 해서는 퇴근도 못한다며 수리진행 속도를 최대한 끌어올리라고 귀띔해주었다. 사내 컴퓨터는 사내망 네트워크로 연결이 되고, 사내 메일을 사용하며, 프린트 스캐너도 네트워크로 연결이 되어 있었다. 메일 데이터 백업은 절대 실수가 발생해서는 안 된다고 강조하고 또 강조했다.

업무의 태도에 있어서 항상 '을'이라는 것을 잊지 말라고 했다. 반복적인 실수는 회사와 거래가 끊기고 전적으로 본인 책임이라고 했다. 그래서 '을'이라고 주의하며 잊지 말라고 다시 강조했다. 인수인계 기간은 한 달이지만 동행 기간은 일주일이라고 했다. 동행하지 않더라도 업무에 궁금한 것이 있으면 연락을 하라고 했다. 전화 부재 시 팀장에게 바로 연락해도 된다고 했다. 수리 중 컴퓨터 부품은 우리 회사에서 공급하며 컴퓨터 구매도 우리 회사 몫이라고 했다. 유지보수가 파견근무의 계약조건이라고 했다. 당연히 가격은 타사보다 비싸면 안 된다고 했다. 영업은 팀장이 하지만 일을 하면서 배우는 게 많다고 덧붙였다.

근무지 환경이 다르고 처음이라 서먹하고 조심스런 것 외는 별다른 것이 없다. 전에 회사에서 잘 배우고 실전 경험을 쌓은 것이 중요한 역할을 했다. 수리의 연속이었고 어려운 점은 없었고 다만 컴퓨터 수량이 많으니 수리할 컴퓨터도 많았다. 수리진행 속도만 끌어올리면 충분히 할 수 있고 여유도 있을 것 같았다. 주의할 것은 수리할 것이 많고 여러 대를 동시다발로 진행하니 메일 주소록 백업, 데이터 백업, 네트워크 설정이 헷갈리지 않게 정확히 처리하면 되는 것이다.

입사 삼 개월 적응기간은 힘들고 정신없이 바쁘게 돌아가고 있었다. 본사에서 차량을 제공하지만 근무지 주차제한으로 주차가 마땅치 않아서 대중교통을 이용했다. 매일 오전 본사에 출근해서 지침서를 하달 받고 파견지로 이동한다. 파견회사에서 오후 5시면 퇴근 후 다시 본사로 이동한다. 일일업무 보고서를 작성하고 보고서를 올리고 하루 일과를 정리하면 퇴근을 했다. 오전 일찍 집을 나서면 오후 늦게 퇴근했고, 회식이라도 있으면 1차에 그치지 않고 2차, 3차로 이어지면서 무조건 택시로 귀가하곤 했다.

삼 개월이 어떻게 지났는지 모르고 바쁘게 보냈다. 시간은 물이 흐르듯 어느새 삼 개월이 되고 사 개월째 되었다. 업무처리도 가속도가 붙었고 적응기를 뛰어넘어 파견지 전산실 직원들 함께 회사 직원들과도 웬만한 인간관계를 형성했다. 분위기도 좋았다. 모든 것이 지금처럼만 되면 좋겠다고 만족했다.

업무능력을 인정해준 건지 아니면 출퇴근 불편을 덜어준 건지 사 개월째부터는 본사를 거치지 않고 집에서 바로 출퇴근이 가능하게 했다. 일일업무 보고서는 어차피 메일로 작성해서 올렸으니 장소와 상관없이 퇴근 전 메일로 보고를 올리면 되었다. 그동안 출퇴근이 조금 힘들었다. 매일 이태원동 집에서 강남 도곡동까지 출근을 하고 도곡동에서 서울역, 서울 서부역에서 다시 만리동으로 이동했고, 퇴근할 때는 역순으로 서울역에서 도곡동으로 도곡동에서 이태원집으로 퇴근한다. 원칙은 출퇴근하는 것이 맞다. 하루는 조금은 비효율적이라며 팀장에게 지나가는 말로 은근슬쩍 했다. 정직하게 말할 수는 없다. 원칙을 지켜야 하고 혼자 편하려고 꼼수를 부리면 회사에 오래 있을 수 없다. 그런데 팀장님은 기억하고 챙겨주었던 것이다. 고마운 사람이다.

세월은 유수 같다고 했던가. 어느 덧 회사 입사 이 년이 넘어 삼년이 더됐다. 본사에서도 자유로웠다. 고참까지는 아니어도 갓 사회에 진출한 후배들도 많았다. 파견지 직원들하고도 부담 없이 대화하고 전산실 직원들과는 회사동료이고 사적인 술자리도 할 정도였다. 자유로웠다. 시간이 지천으로 남아돌았다. 남은 시간은 제2직업에 이용했다. 본사 보수도 상당히 높은 편이었다. 안정된 수입에 더해 부수입도 많았다. 기술직이라는 특수성 때문이기도 했다. 만나는 사람도 많았다. 고객들이기도 했다. 파견지 회사 직원들과 오랫동안 컴퓨터를 성실하게 수리하며 믿음도 있었다. 당시에는 컴퓨터 기술자가 많지 않았다. 주변 소개로 컴퓨터 수리, A/S, TV, 모니터 수리 일감이 쉴 틈 없이 많았다. 그때는 마진 수익율도 상당히 좋았다. 회사 월급도 많았지만 나중에는 부수입이 두세 배는 더 많았다. 짜릿한 수입으로 세상이 아름다워 보였다.

삼십대 초반 질주하는 트랙은 멈출 줄 몰랐다. 인생 최고의 전성기였다. 아픈 사랑은 가고 새로운 사랑이 찾아왔고 따뜻하고 포근한 가정의 꿈도 이루어졌다. 착한 아내 성실한 아내는 최고의 행복이었다. 세상은 장미꽃처럼 아름답고 황홀했고 행복했다. 세상은 영원할 것이고 이대로 멈추어 주었으면 좋겠다는 꿈마저 꾼다.

소개에서 소개로 입소문이 나면서 일감은 더 많아졌다. 혼자서 감당하기 힘들었다. 용산 전자상가 가까운 용문동에서 몇 평 안 되는 작업 공간 수리실을 만들었다. 출근도 해야 하고 혼자서는 업무처리가 불가능해서 아예 직원을 채용했다. 비록 한 사람의 채용이지만 본사의 시스템을 그대로 상황에 맞게 적용했다. 회사도 아니고 혼자서 수리실에서 업무를 하니 출퇴근 시간을 자유로이 했다. 다만 용모단정을 강조했고 무엇보다도 근면하고 성실하게 임할 것을 강조했다.

컴퓨터 열풍은 대단했다. 용산 전자상가만 가더라도 알 수 있었다. 인산인해로 발 디딜 틈도 없을 정도였다. 당시 전자상가 단지 규모는 아시아 최대전자거래 단지였다. 요즘 용산전자상가에 가면 한산하고 가게들이 텅텅 비었고 쇼핑하는 고객보다 사장님들이 더 많다. 현재 용산전자상가 단지 규모는 아시아 열 순위도 못 드는 것을 감안하면 알 수 있다. 반면에 이십여 년 전의 컴퓨터 인기는 하늘을 치솟듯 높았다.

PC방들이 생기면서 그야말로 폭발적이었다. 어느 정도였는지가는 곳마다 PC방이 보였다. 하루는 전 회사의 사장님이 PC방 유지보수 건이 있는데 나보고 가서 관리하라고 했다. 그쪽도 너무 바쁘다는 이유다. 당시 PC방은 컴퓨터 30대 정도 규모 크기가 많았다. 대규모 큰 곳은 100여 대 컴퓨터가 있는 대형 PC방들도 있었다. PC방 컴퓨터는 24시간 돌아가니 컴퓨터 관리는 필수였다. 유지보수는 정기적으로 방문해서 컴퓨터를 관리해주는 것이다. 이것 또한 계약 건이 많아지면서 감당 못 해서 관리할 수 있는 인원을 더 충당했다. 컴퓨터 산업 발전으로 관공서, 회사, 학교 내 1인 1대 PC로 보급되면서 유지보수 계약이 엄청 늘어났다.

또 한 가지 눈여겨 볼 것은 컴퓨터 게임이다. 게임시장은 가히 상상을 초월하는 성장세를 보였다. 한국의 컴퓨터 게임은 당시 세계최고였다. 컴퓨터 게임 개발도 최고수준이고 컴퓨터 게임 인기도 최고였다. 결정적인 것은 게임을 하면 돈도 벌 수 있고 수입도 짜릿짜릿했다. 게임을 할 때 사용하는 장비 아이템들을 현금화 거래를 하면서 더욱 폭발적이었다. 급기야 게임장비 아이템 거래 사이트들이 생겨나고 게임 장비 아이템을 현금거래하게 되었다. 당연히 게임장비 아이템 생산하는 공장들이 생기고 해외에서 접속하려는 사람들이 폭발적이었다.

시장은 생태계와 같다고 했다. 공장들은 해외에 있고 게임 장비 아이템은 국내에서 거래하니 해외에서 게임서버로 접속하려고 할 것이다. 국내에서는 해외 아이피를 막고 해외에서는 접속하려는 갈등이 생긴다. 새로운 사업이 탄생하는 것이다. 아이피 중계 서비스다. 아이피를 국내 아이피로 가장하여 국내 서버에 접속할 수 있는 중계 서비스 사업이다. 큰 사업이고 엄청난 수익을 낳았다.

행복했다. 나를 받아준 컴퓨터 사장님도 고맙고 기술을 키워준 팀장님에게도 고마움을 전한다. 고객들도 감사하고 주변사람들도 감사한다. 시골뜨기인 나를 서울에서 안주하게 해줬고, 나를 더 성숙하게 해줬기에 감사한다.

빗나간 제2 인생길

  몇 년의 세월이 흘렀다. 엄청난 부도 쌓았다. 아파트며 자동차에 가게에 남부러울 것 없이 재산도 늘었고 하고 싶은 것은 전부 이뤘다고 느낄 정도였다. 모든 것은 내 것인 듯 생각했다. 모든 것은 가질 수 있고 소유할 수 있다고 생각했다. 삶은 너무 행복하고 세상은 너무 멋졌다. 그런데 인간은 잘 나갈 때 한 걸음 박자를 늦춰 주변을 살펴보라는 말이 결코 지나친 것이 아니라 인생에서 삶에서 꼭 필요한 지혜이다.

  1997년 외환 금융 위기를 맞으면서 IMF시대를 초래했다. IMF시대를 거치면서 국가, 사회, 회사, 가정, 개인 전반에 거쳐 엄청난 변화를 겪었다. 국가 부도 직전까지 위기가 닥쳤고 사회는 불안했다. 사업 환경 악화로 회사는 해외로, 가정은 무너지고 개인은 해외 취직으로 해외로, 이렇게 해외로를 외쳤다. 정부의 벤처기업 창업 장례 정책으로 벤처기업이 우후죽순 창업했다. 생기면 파산되고 이

또한 해외로, 해외로를 외쳤다.

사랑에 눈이 멀면 눈에 콩깍지 생기고 귀신에 홀리면 정신 줄을 놓는다고 했다. 지나친 욕심은 패망을 부르고 지나친 집착은 죽음을 부른다고도 했다. 젊은 나이에 너무 잘 나갔을까. 아니면 잘 나가던 트랙 브레이크가 고장이 났을까. 이미 쌀독엔 쌀이 가득 차 넘쳐 나는데 더 많은 쌀을 얻으려고 발버둥치는 것은 무슨 까닭일까.

안정적이며 좋았던 직장도, 번창했던 제2 직업도 모두 접었다. 오직 더 큰 돈을 더 많은 돈을 벌기 위해 발버둥쳤다. 모아둔 재산도 저축한 돈도 아끼던 자동차도 처분하고 자금을 모아 해외 사업 진출을 선언했다.

해외진출에 대한 기획도 해외사업 계획서 한 장도 없었다. 사업은 하면 성공한다는 환상에 젖었다. 생뚱맞은 느낌이다. 마음이 통한다는 이유로 정신 나간 세 사람은 거액의 투자금을 들고 중국 상하이로 떠났다. 휘황찬란輝煌燦爛한 상하이 야경 불빛은 희망과 성공의 빛이 아니었다. 거대한 경제도시는 우리를 맞을 준비가 안 됐다. 꿈과 희망을 접는 데는 긴 세월이 필요 없었다. 높은 곳에서 더 높은 곳으로 오르기 위해 발버둥치면서 자금과 시간을 탕진했다. 인생도 삶도 탕진했다. 오갈 때 없는 오리 알 신세로 전락했다. 생명력을 잃은 숨만 쉬는 송장에 불과했다. 죽을 용기 없는 세 사람은 자금을 회수해서 생명만은 보존키로 최후의 발악을 했다. 좌절과 분노도 없어졌다. 원망과 후회도 없어졌다. 최악의 비극을 낳고 철

수했다.

　이젠 몸뚱이와 빚만 남았다. 냉혹한 현실이 더 아프다. 친구 지인 친지 주변사람들을 만날 용기도 없고 면목도 없었다. 행여 얼굴이라도 마주칠까 두려웠다. 환하게 맞아주던 아내의 얼굴에는 웃음이 사라졌고 목소리가 막혔듯 아무 말이 없었다. 태풍이 들이닥쳐 집어삼키듯 싹쓸이해 살림살이가 폐허로 변해 앞으로 어떻게 살 것인가? 걱정하는 눈빛이었다. 담배도 다시 피웠다. 술도 마셔댔다. 사회악인 듯 인류를 반역한 천년의 죄를 지은 듯 고개를 떨군 채 방구석에 틀어박고 두문불출이었다. 집을 나가면 아는 사람을 만날까 두려워서 수배를 받는 죄인처럼 꽁꽁 숨어버렸다.

　아무것도 할 수 없었다. 무엇을 하겠다는 욕망도 없고 용기도 없었다. 꿈을 찾고 희망을 찾아 다시 해보려는 생각도 없었다. 폐허된 벌판에 술독에 빠진 구제불능의 일개 인간이었다. 행복하게 해주겠다는 철석같은 맹세. 먹고 싶은 거 먹고, 입고 싶은 옷 입고, 하고 싶은 것은 모두 해주겠다고 약속했건만 허언장담이 되어 약속은 간데 없고 기본적인 의식주마저 걱정하는 신세가 되었다.

　아내는 늘 용기와 자긍심을 주었고 웃음과 행복 바이러스를 가득 채워주었다. 늘 격려와 칭찬을 아끼지 않았던 아내에게 죄송했다. 바늘로 입을 꿰매듯 아무 말도 못했다. 초점을 잃은 눈에는 물방울이 뚝뚝 폭포수처럼 메아리를 쳤다.

　사랑을 아낄 줄 모르는 아내였다. 죄 없고 연약한 아내에게 행복을 찾아주겠다고 몇 번이고 마음을 다졌건만 주저앉고 말았다. 허송세월이 흘렀다. 어두컴컴한 긴 터널에서 언제 빠져 나올지 기약이 없었다. 술독에 빠져 몸도 가누기 힘들었고 벼랑 끝에 홀로 서있는 모습에 화들짝 놀라 악몽에서 깨곤 했다.

그토록 좋아했던 책도 눈에 들어오지 않았다. 아름다운 기타 소리에 흥얼거리던 모습도 자취를 감췄다. 아내의 기도소리만 들렸다. 전능하신 하나님의 힘을 빌려 애꿎은 인간을, 송장인 폐인을 구원하려는 듯 하루도 빠짐없이 하늘이 듣도록 큰소리로 때로는 작은 소리로 기도를 하였다.

하나님 아버지,
저 사람을 용서해주시고 그 아픔과 고통을 저에게 주시옵소서.
전능하신 하나님 아버지,
은혜와 은총을 헤아리지 못하고 위선으로 살아온 삶을 회개합니다.
모든 것을 하나님께 맡깁니다.
남은 삶 하나님과 함께함을 기도드립니다.
저 불쌍한 인간에게 용기를 주시옵소서.
희망을 주시옵소서. 지혜를 주시옵소서.
하나님 아버지 만능하신 능력을 보여주시옵소서.
다시 노트북 수리를 할 수 있게 해주옵소서.
다시 활기찬 삶을 살 수 있게 해주옵소서.
꿈과 희망을 품을 수 있도록 생각하게 해주옵소서.

모든 죄를 사하여 주시고

어린양이 되어 하나님께 순종할 수 있도록 해주시옵소서.

주 예수 그리스도 이름으로 기도 드립나이다.

아멘!

아내의 기도는 애절함, 간절한 기도소리다. 아내의 기도는 애통한의 절규였다.

'어~휴 이렇게 살 수는 없다. 하늘이 무너져도 솟아날 구멍이 있다고 하지 않던가?'

유명한 사람도 아니고 일반인으로서 허세고 체면이고 따질 것이 없다. 현실을 직시하고 진실되게 삶을 살아가는 마음가짐이 필요했다. 바로 자세였다. 자신의 현실을 똑바로 알고 자기 위치를 정확히 알아야 한다. 긴 고민도 필요 없었다. 우선 생활태도와 마음 자세를 똑 바로하기로 했다.

1. 금주. 술을 끊기로 했다.
2. 무작정 아무 일이든 일을 시작하기로 했다.

호랑이 굴에 들어가도 정신을 똑바로 차리면 살 수 있다고 했다. 아무리 힘들고 억장이 무너져도 현실을 인정하고 당당히 맞서나가는 것이 우리 인간만이 가지고 있는 능력이다. 그 능력을 잘 이용해야 한다. 너무 힘들어서 왜 나한테만 이런 고난이 주어졌는지 한탄만 해서는 안 될 것이다. 원망을 하고 한탄만 하고 살 수는 없었다. 어디까지나 도전 정신을 잊지 말아야 할 것이다.

본업이 기판회로 수리이다. 다시 하려는데 막막했다. 수리를 하려면 수리실이 필요했지만 임대할 돈이 없었다. 어쩔 수 없이 돈을 벌 수 있는 아무 일이든 하려고 했다. 운이 좋게도 집에서 가까운 대형 음식점에서 주차 관리직으로 일을 했다. 말이 관리직이지 그냥 대리주차 해주는 일이다. 단순한 노동이다. 단순하지만 신경 쓸 일도 많다. 차의 간격, 주차 순서. 주차하다가 흔적이 생기거나 사고 나면 그야말로 큰 문제가 발생한다. 배상은 물론 모든 책임을 져야 한다. 조심해서 일을 하면 문제없다.

재미도 있었다. 우선 모든 차종을 가리지 않고 운전을 해볼 수 있는 기회였다. 또한 고급차들도 많았다. 기분이 좋았다. 언제 이런 차들을 운전해보겠는가? 가끔은 팁을 받는 경우가 많았다. 그때면 뿌듯하다. 누군가 나의 노동을 인정해주는 것이기에 더욱 보람을 느꼈다. 무엇보다도 중요한 것은 내가 다시 돈을 벌 수 있고, 일을 할 수 있다는 것이다. 모든 것은 시작이 중요했다.

인정 욕구 때문에 내몰린 삶

삼십대는 다사다난했다. 강산이 한 번 변했다. 짧은 시간은 아니다. 많은 변화가 있었다. 조금은 알게 된 것은 인생은 달콤하고 장밋빛만은 아니라는 점, 행복하고 아름답지만 않다는 점, 불행도 고난도 쓰고 아픈 것도 있다는 것이다. 무에서 유의 삶은 괜찮을지 모르지만 유에서 무의 삶은 고통스럽다. 당시 나는 암흑 천지 땅속 같은 어두컴컴하고 빛이 없는 방구석에 무서운 영혼들의 공격에 무기력한 모습으로 나약하고 삶의 대오에서 낙오자였다.

긴 잠에서 깨어났다. 죽을 수 없으면 살아야 한다. 100세 인생 중에 40년을 살았다. 그 세월은 뒤돌아볼 것 없이 텅텅 비었고 사라진 듯 살아온 흔적조차 찾아보기 어렵다. 죽을 용기도 없는 나약함은 더 이상의 핑계가 될 수 없다. 어떻게든 살아야 했고 삶도 떳떳하게 살아야 했다. 허세도 체면도 필요 없다. 실속 없는 삶이 오히려 자신에 대한 미안함과 부끄러움이 되었다. 살아갈 날이 더 많다고 해서 영광을 찾을 것이라고 지난날들의 실익 없는 삶보다 이제부터는 보람을 느끼는 삶으로 채우고 싶다. 가진 것이 없으면 냉수에 차가운 밥을 말아 먹을지언정 허세에 체면에 억눌려 부질없는 삶은 차라리 포기하고 싶다.

인간은 살아가는 동안 많은 것을 얻으려고 한다. 많이 얻으려는 게 인간의 본성이라고 인정하자. 하지만 욕망에 빠져 '비우기'와 '채우기' 사이에서 정의롭지 못하고, 공정하지 않다면 혼란스런 상황에 부딪힐 수도 있다. 즉 많이 비우고, 적게 채워서 문제가 발생하지 않겠지만, 적게 비우고, 많이 채우려 하면 문제가 발생할 것이다. 비우고 채우기는 허세도 체면도 필요 없다.

지난날의 나는 어리석게도 비우기, 채우기에 능하지 못했다. 그로 인해 실익 없는 삶에 시달렸다. 그것이 삼십대의 나의 삶이다. 불혹 나이가 되어서야 배우기, 채우기에 대해 조금 알게 되었다.

허세, 체면은 반드시 한 인간의 삶을 나락으로 추락하게 한다. 허세를 추구하고, 체면을 지키려다 결국은 할 일도 못하고, 지켜야 할 것도 지킬 수 없으며, 꼭 챙겨야 할 것도 챙기지 못하면서 남에게 인정받으려는 실속 없고 허무한 인생, 바보 인생으로 전락하고 만다.

참으로 외제차를 좋아했다. 특히 스웨덴산 차를 좋아했다. 첨단 안전 및 편의사양이 집약된 최상위 플래그십 라인업, 최고의 공간 경험과 필수 요소인 천연소재 및 최고급 가죽, 장인정신을 바탕으로 정교한 기술이 결합된 현대적 감성의 럭셔리를 담은 승차감은 흥분하기에 충분했다. 실로 친구들과 모이면 "외제차를 타면 남들이 끼어든 행위가 적어진다고, 불법주차에도 견인하지 않는다고." 큰소리 뻥뻥쳤다. 남에게 보이면 뭔가 있어 보이고, 멋져 보이고, 능력 있어 보이는 착각은 허세, 체면, 허풍이다. 아둔한 짓의 집합체다. 외제차를 운전할 때 앞에 끼어드는 차가 적다고 해서 가는 길이 안 막히는 것도 아니다. 불법주차해도 견인하지 않는다는 것도 거짓이다. 뭔가 있어 보이지도, 멋져 보이지도 않고, 능력 있어 보이지도 않는다. 혼자만의 착각이고 남들 보기엔 그냥 자동차일 뿐이다. 삼십대의 인정받으려고 억지를 부린 것 같다.

결혼 축의금은 다른 친구들과 동일하게 하면 되는데 군이 체면 때문에 부담하기 힘든 축의금을 내고, 병문안을 갈 때면 혼자 조용히 가면 될 텐데 다른 사람의 사정은 생각지도 않고 입소문을 냈다. 체면 때문에 마치 내가 갔으니 너도 가라는 식으로 남에게 미움도 받았다. 남에게 인정받으려고 있는 것, 없는 것 가리지 않고, 분수도 지키지 못하는 행위로 자신을 궁지로 내몰고 파멸로 가는 지름길을 선택했다.

마음에 고통을 안겨주는 정도는 달라도 '남들은 모두 다 행복하게 잘 살고 있는데, 왜 나만 이렇게 괴로울까'라는 생각이 들 때면 참을 수 없을 만큼 고통스러워지고 비참함마저 느꼈다. 이처럼 남과 비교하는 것은 상대적 빈곤감과 고통의 가중치를 크게 높인다.

나이가 들면서 '허세', '체면', '인정받으려는 욕구'보다는 현실을 인정하려는 자세로 바뀌어가는 느낌이 든다. 불과 십여 년 전만 해도 깡통이 텅텅 비어서 소리가 커서인지, 가진 것이 없어도 외제차를 랜트해서 허세를 부리고 불필요한 참견을 해서 억지로 체면을 지켰다. 마치 외제차를 타고 돈을 펑펑 쓰면 남에게 인정받는다고 생각했을지도 모른다.

곡식은 익으면 머리를 숙이고 인간은 성숙해지면 허리를 굽힌다는 말을 30대를 살아가는 나의 삶의 모습을 비쳐보면 참으로 부끄러웠다. 음식을 만들어서 맛이 있을 때 맛있다고 인정받는 것이지 아무리 고급 재료, 고급 호텔 테이블에서, 아무리 모양이 보기 좋아도 맛이 없으면 인정받지 못하는 것을 받아들여야 한다.

서쪽에서 해가 지는 순간 내가 이 세상에서 사라지더라도 다음 날 동쪽에서는 해가 솟아오르는 것은 당연한 자연현상이다. 이것을 모르고 살았다면 모르지만 깊은 뜻을 알았다면 남에게 인정을 받으려고 안달할 필요가 없다.

나의 욕구와 남의 욕구가 동일한 경우도 있다. 그렇다고 이 경우에도 갈등이 사라지는 것은 아니다. 인간은 서로 공동이익을 추구하고 인류 가치관을 공유하면서도 자기중심적 사고방식과 가치관에 사로잡혀 이기적인 목표를 추구하는 지향점이 서로 다른 독립적 존재이며, 그러한 욕구를 충족시키고자 노력하기 때문이다.

십대의 과시욕은 아직 철이 없다고 여기고, 이십대의 과시욕은 젊은 패기라고 덕담을 해주지만 삼십대의 과시욕은 남에게 인정받기 어렵다. 사십대 과시욕은 남에게 배척을 당하며 이는 인생 실패로 이어진다고 한다.

사람과 사람을 비교하지 말자는 말은 언제 봐도 틀린 말은 아니다. 인정받으려는 욕구는 본능적 욕구만큼이나 강렬하고 중요하기 때문에 남에게 인정받지 못하면 말할 수 없는 고통을 느끼고 인생을 포기하고 싶은 만큼 괴로움이 따른다.

인간이 모든 것을 소유하고 얻는다고 해서 인정받는 인생은 아니다. 하지만 인정받지 못하는 인생은 어딘가 부족함을 느끼게 되기에, 당당하게 인정받으며 살아가는 인생도 나쁜 것은 아니다.

다만 남에게 인정을 받으려고, 그것에 올인하고 모든 것을 포기하면서까지 남에게 인정받으려고 인생을 버리지 말자.

술로 탈출구를 찾다

초등학생에게 무작정 반성문을 적으라면 어린 학생은 무엇을 잘못을 했는지 어떤 잘못을 했는지 머리를 짜면서 적어 내려갈 거다. 나도 인생의 반성문, 삶의 반성문도 적으려니 하도 많아서 머리에 쥐가 나고 있다. 그중 하나라면 술을 빼놓을 수 없다.

내가 봐도 이상하다 싶을 정도다. 집안 곳곳을 둘러봐도 술을 좋아하는 사람이 없다. 조상 대대로 훑어봐도 술에 관해 불편하거나 관대한 어른도 없고 술에 의해 벼슬을 따거나 형벌을 받았다는 증거도 조상들에서 찾아볼 수 없다. 더구나 집안에서 술 때문에 병들거나 술을 좋아하거나 술에 의지하는 사람도 없다. 과연 나는 어디서 왔을까? 낳아주신 어머니도 모르겠다고 한다. 어머니 본인도 태어나서 이런 독종은 처음 보았다고 혀를 찬다. '술 벌레'이다.

나에겐 알코올 분해 능력이 전혀 없는 것으로 판정 났다. 병원에서다. 그런데 무엇 때문에 마시는지, 무슨 한이 맺혔는지, 무엇이 잘

못되었는지 궁금하다. 인생에서 기쁘고, 행복하고, 좋은 일 생길 때보다 인생 소용돌이에서 삶이 어려울 때, 우울할 때, 슬플 때 소주를 훨씬 더 많이 마신다. 그만큼 사람들은 술에 하소연을 한다는 뜻이다. 사회생활을 하다 보면 술자리를 피하기 어려운 부분도 있다. 특히 우리 사회는 술을 권하고 술에 대해 관대할 뿐만 아니라 술자리를 외면하면 성사될 일도 성공 못 할 때가 있다. 술을 권하는 사회, 술에 먹히는 사회인데 이상하게도 우리는 잘 돌아간다.

인간은 난관에 부딪혔을 때 탈출구를 찾는다. 방법도 다양하다. 술의 의존하는 사람, 글을 쓰는 사람, 독거하는 사람, 포기하는 사람 등 다양하다. 나에게는 술에 의존하고 술에 취하고 술을 탈출구로 삼는 시기가 있었다. 내 것인 것처럼 세상은 만만해 보였고 아무 것도 할 수 없는 콩알만 한 가슴은 술의 힘을 빌려 안하무인이 될 지경이었다. 떨리는 손으로 술잔을 기울이며 세상만사를 논하는 그 모습은 기가 찼다. 하루도 빠짐없이 마시는 술은 나를 하여금 구제 불능의 굴레에 빠져들었다.

술은 나를 폐인으로 만들었다. 술은 나를 약속을 지키지 않는 인간으로 만들었다. 술에 취하면 자유자재로 행동이 어렵고 자아 판단력이 떨어지고 사람과의 유대관계에 아주 나쁜 영향을 준다. 분명 며칠 전 약속한 날인데 몸은 이미 취한 상태이고 약속은 지키기 어려우니 각종 취소할 핑계를 만들어 낸다. 어리석은 짓도 한 번은 용서를 받겠지만, 두 번은 인연마저 위태롭게 되고, 세 번은 인간의 밑천마저 드러내고, 일상 생활은 힘들어진다.

술은 나를 열정도 없고, 실행도 없는 인간으로 만들었다. 술에 취한 몸은 자연스럽게 움직이는 것을 귀찮아한다. 오늘에 할 일은 다음으로 미루고 이것 또한 핑계를 만들어 합리화한다.

인간은 시간을 기다릴 수 있지만 시간은 결코 인간을 기다리지 않는다. 일의 추진에 있어 시간의 중요성은 말할 필요도 없다. 지금 할 일은 바로 시작해도 성공이란 보장은 없는 현실이다. 술의 마법에 걸려 시간에게 기다려줄 것을 요구하는 모습은 성공하기를 포기한 사람이다.

술은 나를 목표도 없고 희망도 없는 인간으로 만들었다. 인간의 삶에 있어서 목표도 희망도 없는 삶은 결국은 절망과 좌절, 삶을 포기한 것이나 마찬가지다. 술에 취한 인간은 다음 목표도 술을 마시는 것이고 술을 마시는 것에 합리적인 이유를 찾는 것이 희망이다. 술에 취해서는 목표도 정하고 희망을 그려보아도 단지 망상이고 허무한 인생일 뿐이다.

술은 나를 말로만 하는 허풍쟁이로 만들었다. 술은 말 못하는 사람도 입을 열게 한다. 술은 성공을 모르는 사람도 입으로만 성공을 하게 한다. 실천을 못하는 사람도 입으로만 실천을 하게 한다. 술에 취해 방구석에 있으면 어찌 돌아가는 세상을 알겠는가? 세상은 호락호락하지 않는데 혼자만 술상 위에 세상을 그린다. 술을 마시며 허풍, 허세, 허무를 가진 사람에게 열정, 목표, 실행이 있을 수 없다.

나는 억지로 죽자고 마셨다. 교통사고 때 병원에서 나의 주량을 측정하니 주량이 거의 없다고 했다. 다른 사람들과 다르게 알코올 분해 능력이 현저히 낮기 때문에 술을 마신 다음날도 알코올이 그대로 몸에 남아 있다고 했다. 그러나 과학이 무색할 정도로 주량이 조금은 있다. 술도 훈련이 필요하다. 죽자고 마시니 주량도 늘고 술도 목구멍으로 넘어갔다. 술 권하는 사회다. 사회에 적응하려면 술도 필요했다. 속마음은 술이 좋았다. 사람이 좋았다. 술 사회가 좋았다.

인간의 머릿속에 들어 있는 생각과 인정받으려는 욕구들이 모두 동일할 수 없고 개개인의 습관, 환경, 추구하는 지향점이 다르기 때문에 나의 인정받으려는 욕구는 남의 인정 욕구와 같을 수도 있고 다를 수도 있다. 만약 인정받으려는 욕구가 다르면 남의 인정 욕구를 무시하고 그로 인해 갈등이 생기고, 갈등의 골이 깊어지면 인연까지 끊어버리는 일이 야기된다.

술은 나를 가정파괴 주역으로 만들었다. 술에 취한 사람에게는 가정의 책임감도 없어진다. 머릿속에는 오직 술만 존재하고 술만 보이기 때문이다.

술을 끊는다고 술에 관한 서적들을 찾아봤다. 술의 기원, 역사, 종류, 술의 생리, 숙취까지 모두 읽어 봤다. 읽고 보니 끊을 수가 없다. 술은 인간에게 가장 친근한 인연이고, 끈질긴 악연이다. 인간은 절대로 술을 버릴 수 없다. 술이 좋고 벗이었고, 슬픔을 나누는 동반자이기도 했다.

술은 인간의 슬픔과 기쁨을 표현하도록 한다. 술은 인간 사이의 경계심을 풀게 하여 소통의 역할을 한다. 술은 인간의 감정에 용기를 북돋워주기도 하고 인간의 정신적·신체적 기능에 활력을 주기도 한다. 술은 인간으로 하여금 거짓된 삶을 살게 하고 악의 본성을 드러내게도 하고, 기억력을 상실하게 하고, 횡성수설하게도 하고 인간을 황폐화하게 한다. 결단해야 한다.

가정은 사회 구성원 중 최소한의 조직이다. 가정의 우두머리인 가장은 가정의 통합과 화합의 중심에 있다. 가정에 평화가 사라지면 결국은 가정도 사라지게 되고 인생에 슬픔과 아픔만 안겨준다. 행복한 가정은 소중한 것이고 쉽게 얻어지는 것은 아니다.

술은 나를 인간이기를 포기하게 만들었다. 하루가 멀다 하고 술에 의존하는 사람에게는 형제간의 애정도 사라지고, 친구들과 연락도 끊게 되고, 지인들과의 소통도 잃게 된다. 자신을 낳아주시고 키워주신 부모님의 속은 이미 타서 잿더미가 됐고, 노모의 건강마저 악화시키는 불효를 하고 있었다. 부모님의 은혜를 모르는 인간은 인간이라고 할 수 없다. 깊은 참회와 반성만이 있을 뿐. 그러나 그러나 결단이 필요했다. 뼈를 깎는 결단이라야 가능하리라.

확실한 것은 글을 쓰면서 술을 입에 대지 않았다. 술을 멀리하고 마음이 맑으니 세상도 맑게 보였다. 내면의 힘은 내 삶에 한 줄기 빛과 소망을 품게 했다.

결국 사라지는 건가보다

죽은 후 무엇이 있을까? 반면 태어나기 전에 무엇이 되었을까? 생전에 무엇을 했고, 생후 무엇을 할까? 사후 무엇을 다시 할까? 말도 안 되는 질문을 늘어놓고 혼자 생각해본다. 생전, 사후 세상은 없다는 것이 일반 사람들의 통념이다. 앞에서 언급했듯이 우리는 모두 죽는다. 나도 죽을 것이고 살아 있는 모든 생명은 언젠가는 죽는다. 생태환경이 움직이는 것은 자연의 법칙에 의해서다.

모든 것이 사라지고 다시 살아나듯 순환하는 것도 자연의 법칙이다. 인간이 얻은 것, 가진 것, 소유한 것도 사라지는 거다. 삶에서 얻고 싶은 것, 갖고 싶은 것에 그토록 노력하고 열정을 쏟아 붓고 목숨까지 걸어도 결국은 인생도 허망하다.

인간은 생활에 필요한 물자를 얻기 위해 육체적 정신적 노동을 한다. 요즘 표현으로 직장, 직업이라고 할 수 있겠다. 직업은 누구나 꼭 필요한 것이고 직장에서 일하는 방법과 과정은 달라도 궁극적으로 공통된 목적으로 이루어진다. 기술 정비사, 교육 종사자, 선생님, 국가운영 리더, 자영업자, 회사 직원 모두 열심히 일을 해서 가족을 부양한다. 즉 먹고살기 위한 행동이다.

생명은 본능적 능력을 가지고 있다. 갓난아기가 본능적으로 엄마의 가슴을 찾으며 젖꼭지를 입에 넣은 것을 보면 인간은 태어나서부터 부단한 노력으로 노동을 통해 먹고 산다는 것을 알고 있다.

인간은 살아가는 환경과 조건에 적응하며 그에 맞는 일을 한다. 태어나서부터 정해진 직업은 없다. 수많은 사람들이 성장해가는 과정에서 이런저런 많은 일들을 하며 다양한 경험을 했고, 또한 사업 실패에 따른 경제적 궁핍한 현실에 어쩔 수 없이 힘든 일들을 해봤을 거다. 포장회사며, 아르바이트며, 건설현장 일이며, 온갖 일을 해본 경험도 있고 프리랜서로 컴퓨터 수리를 하면서 음식 배달을 겸한 경험이 있다. 오직 살기 위한 몸부림이었다.

배달 일의 어려움은 어느 정도 예견했었다. 골목골목 길을 알 수 없는 초보자에게는 배달 시간을 지연시키고 골목에서 헤매고 찾지 못하는 일도 비일비재했다. 지연해서 음식이 식으면 고객의 원성을 사는 것은 물론이고 사장님의 꾸지람도 들어야 한다. 음식 배달은 목적지에 음식이 식기 전에 빠르게 배송해주는 것이 제일 중요하고 핵심이며 배달 지연은 어떤 이유에서든 합리화할 수 없다.

비가 오든 눈이 오든, 교통상황이 마비가 오든, 상관없이 음식을 주문했으면 빨리 받아야 한다는 우리나라 배달 문화의 속성이다. 그런데 비가 오는 날이면 너무 위험하다는 문제가 있다. 촘촘한 보슬비는 오토바이 운전에는 치명적이다. 도로 지면이 빗물로 미끄러워서 순간에 목숨을 앗아갈 수도 있는 상황이다. 그렇다고 음식을 주문한 사람은 미끄러운 도로 상황을 이해해주는 것도 아니니 빠른 속도로 위험을 무릅쓰고 배달해야 한다. 장대비는 더욱 위험이 따른다. 아스팔트길 위에 있는 하수도 뚜껑은 오토바이로 하여금 공포의 뚜껑이다. 비 오는 날의 하수도 뚜껑은 사고로 이어지는 함정이다.

겨울철 음식 배달은 목숨을 도로 위 바닥에 내놓고 달리는 것과 마찬가지다. 영하 10도면 체감온도는 영하 16도 정도가 된다. 오토바이 운전사는 그보다 훨씬 추운 영하 20도가 넘는 체감온도를 느끼며 거대한 얼음바위 위에 죽음을 기다리는 느낌이다. 차가운 바람이 안전모자와 얼굴 피부 사이에 스칠 때는 칼로 살을 오려내는 듯 고통이 오고 찬바람을 맞는 눈에는 이슬이 맺혀 앞을 가린다. 옷을 3중 4중으로 겹겹이 입고 목은 목도리로 꽁꽁 싸매도 매서운 찬바람은 온몸으로 스며든다. 차가운 칼바람을 맞받는 얼굴은 살을 찢는 아픔을 느끼고 장시간 추위와의 사투는 온몸의 감각마저 없게 한다. 추운 겨울은 극한 시험을 치르는 듯하다. 군기반장 채찍처럼 자신의 마음가짐을 다스리는 데는 배달만 한 막노동도 없다.

몇 년이 지났음에도 눈앞에 그림처럼 선명하게 보인다. 배달 목적지를 찾지 못해 여기저기 골목길을 헤매던 초보자 배달, 남들이 무시하는 눈빛을 참지 못해 스스로를 미워하던 그 시절, 미끄러져 넘어지면 근육의 아픔보단 마음의 고통이 심했던 모습, 차가운 칼

바람을 마주치며 달리던 장면은 잊고 싶어도 잊히지 않는다.

　오토바이에는 내비게이션이 없던 시기이다. 출발 전 인터넷 지도를 확인하거나 요즘은 스마트폰으로 지도를 확인한다. 처음에 목적지 근처에 도착해서 낯선 골목길을 헤매며 여기 같기도 하고, 저쪽 같기도 하며, 도착지를 찾던 애타는 심정은 운전을 한 분이라면 모두가 경험했을 거다. 음식의 따뜻함과 원래의 맛을 유지하며 목적지 배송이 음식 배달의 꽃이라면 피자는 따뜻한 치즈의 맛을 살리는 데 피자 배달의 생명이 있다고 할 수 있다. 추운 겨울밤에 낯선 동네로 배달을 가면 인터넷 지도와 현 지형 지도가 완전히 다른 경우도 있다. 낯선 길을 헤매고 돌면 피자가 식는 게 시간문제라 근처에서 고객에게 전화를 해서 걸어서 나오는 시간이면 이미 피자의 생명은 상실했다.

　중간 브랜드 피자 체인점의 배달 지역은 서울시 1구 전체가 배달 가능 구역으로 정해져 있다. 자신이 사는 동네라도 골목 곳곳을 아는 것도 아니고 더구나 20여 동이 넘는 구 전체 지역을 구석구석 누비며 신속하게 배달하는 것은 초보자 배달원에게는 불가능한 일이다. 골목길은 지도에도 정확하게 표시가 안 된 길이 대부분이다. 이런 실수를 면하기 위해서 출발 전 네이버 지도에서 인지하고 출발하는 것은 필수다. 또한 보완 차원에서 스마트폰은 필히 휴대한다. 골목길은 많이 다니고 익숙해지는 외에 다른 방법이 없다는 속성 때문에 지도를 몇 번이고 되풀이해서 보더라도 낯선 골목길은 초보 배달원에게는 공포의 길이고 밤에는 더욱 헤매기에 듣기 싫은 불만 소리도 듣는다.

막노동으로 돈을 벌 수 있고, 막노동자도 가정을 꾸릴 자격도 있다. 떳떳하게 막노동을 해서 부모님에게 무언가를 해줄 수 있고, 아빠로서 당당하게 자식들에게 필요한 것을 베풀 수도 있고, 사랑하는 아내에게 소박한 행복을 나눌 수도 있다.

처음에는 배달 일은 하찮은 일이며 천민들의 일이라는 생각을 머릿속에서 지울 수 없었다. 지금은 말할 수 있다. 막노동 배달 일도 위대한 직업이다. 배달 일을 하면서 무시의 눈길에도 마주 볼 수 있게 지혜를 주었다. 위험하고 어려운 작업 환경에서도 굳건히 버티는 정신력을 주었다. 넘어지면 일어나고 쓰러져도 다시 일어설 수 있는 용기를 가질 수 있었던 것은 막노동이 한 개인에게 강인성을 만들어주었기 때문이다.

양심을 버리지 않고 정도를 걸어온 것이 지금의 나를 있게 했다면 정직하고 당당하게 일을 해서 떳떳하게 사는 게 수많은 사람들의 기대를 저버리지 않는 삶이라고 생각한다. 배달직이면 어떻고 건설현장 직이면 어떠랴.

자신을 속이지 않고 자신에게 떳떳한 일이면 멈추지 않을 것이고, 정신적으로나 육체적으로나 고단하고 힘은 들어도 행복한 삶이고 뜻깊은 삶임에 틀림없다. 신이 인간에게 준 최고의 선물은 노동이 아닐까? 모든 성과는 노동에서 시작한다.

더 실패할
것도 없다

실패가 두렵다. 실패는 거대한 절벽처럼 인생을 가로막는 느낌이다. 부끄럽지만 성공을 맛보고 싶다. 사회와 시스템의 관계가 단절된 상태는 나라가 부도난 상태다. 개인과 사회가 단절한 관계면 그 사람은 퇴화될 것이다. 단절을 다른 말로 표현하면 소통의 부재다. 나는 사회와 소통이 안 되는 상태다. 개성이 뚜렷한 개인이 배역을 맡아 연극하는 무대가 사람 사는 세상인데 망망대해에서 쪽배에 선 채 항해도航海圖도 없이 길을 잃은 느낌이다.

살다 보니 불혹의 나이를 넘겼다. 사회에 갓 눈뜬 젊은 날의 나는 어른을 보면 위풍당당하고 고상하게 보였다. 불혹을 넘기고 어른이 되면 그렇게 위풍당당하고 고상해질 줄 알았다. 어른이 되면 선택을 받은 사람처럼 인생이 잘될 것이고 무엇이든 할 수 있을 것이라 기대했다. 강산이 네 번 바뀌고 더 변했는데 나만 변한 것이 없다.

더 실패할 것도 없다.

인생에 당신은 만족하는가? 그렇지 않다면 지금 당장이라도 노력을 해야 한다. 혼신의 노력에도 불구하고 안 되는 것은 어쩔 수 없다. 그렇다면 다른 것을 찾아봐야 하지 않겠는가? 지금 나는 매일 독서와 글쓰기하는 삶을 향유하고 있다. 글쓰기는 스스로를 일깨워주는 힘이 있다. 독서는 스스로를 사회를 조금씩 알아가는 힘이 있다.

원래 이런 세상이야

어이없는 일들을 겪으면 자신도 모르게 쓴웃음이 나올 때가 있다. 몇 년 전 일이다. 동고동락한 아내와 갈라지고 무일푼으로 전락하고 매우 힘든 날들을 보냈다. 잊지 못할 지인의 지원을 받아 신림동에서 작은 수리실을 임대하고 가진 것 없이 수리 연장 하나로 새출발을 할 때이다. 자본금은 전무하고 수리실도 겨우 마련한 처지에 홍보할 자금을 마련해본다는 건 언감생심 생각할 수도 없는 사치였다. 간판도 없이 홍보도 못 하니 처음에는 고전을 면치 못했다. 외부에 알리지 못하면 일거리가 없기 때문이다.

홍보자금 마련이 급했고 수익을 증대하기 위한 생각으로 노트북 수리 겸 컴퓨터 출장수리 프리랜서로 일하기로 했다. 프리랜서는 매일 본사로 출근할 필요가 없어 시간이 자유로운 장점이 있는 반면 근무태도에 엄격한 기준이 적용한다. 프리랜서 업무는 전국 컴퓨터 콜센터에서 오더를 배분하여 업무를 처리하는 방식이다. 관악

지역에 배정을 받았다.

관악구 신림역에서 노트북 수리를 하는데 출장수리 지역을 송파구에 배정을 받으면 큰 문제가 발생한다. 신림에서 송파까지 오가며 출장수리하기에 거리상 한쪽은 포기해야 하기 때문이다. 행운이었다. 어려운 시기에 일감이 있다는 건 매우 중요하고 기회이다. 노트북 수리와 완전히 다르다. 수익구조나 수리과정도 다르고 고객성향도 다르다. 컴퓨터 출장수리는 콜센터에서 오더를 받으면 십분 내에 고객과 방문 시간 약속을 한다. 신속 출장 수리인 만큼 무조건 삼십 분 내에 방문하여 수리한다.

신림동 치과의원에 출장했다. 현장점검결과 컴퓨터 메인보드 불량이다. 비용과 기간을 안내했다. 의원은 특수 상황을 설명하고 매우 급하다며 늦어도 퇴근 전 수리를 해달라고 했다. 우선 메인보드 부품이 없어 오후 퇴근 시간까지 부품을 주문해서 현장에서 수리하기에는 물리적으로 불가능했다. 업무를 볼 수 없다며 애절한 부탁에 사내 규정을 어기면서 수리하기로 했다.

컴퓨터를 회수해서 용산전자상가에서 퀵서비스로 메인보드를 받아 수리실에서 즉시 교체하는 방법밖에 없다. 일반적으로 부품교체는 삼 일 정도 수리기간이 주어진다.

사내 규정상 부품구매는 반드시 본사에 주문하여 수리를 진행하기로 되어 있다. 외부에 직접 부품조달은 금지사항이다. 특수 상황임을 본사에 보고를 했고 승인을 받았다. 용산 거래처에 주문을 하고 수리실로 이동했다. 급행 퀵으로 보내달라고도 잊지 않았다.

거래처에서 윈도우 설치하냐고 전화가 왔다. 깜짝 놀라서 동일한 제품으로 보내달라고 했다. 노트북 메인보드 수리나 컴퓨터 메인보드를 교체할 때는 윈도우 운영체제를 새로 설치해야 된다. 하드디스크를 포맷하면 내부에 있는 자료는 전부 삭제되므로 사전 고객의 동의는 필수다.

병원 컴퓨터는 포맷, 윈도우 설치를 하지 않는 것이 좋다. 자료도 중요하지만 특수 프로그램을 사용하기에 삭제하거나 지우면 프로그램 설치는 전문가를 따로 불러야 되는 경우가 많다. 이러한 복잡한 문제를 피하려면 윈도우 설치는 하지 말아야 하고 방법으로 기존에 고장난 메인보드와 동일한 제품을 교체하면 윈도우 설치를 하지 않아도 된다. 기존의 자료는 물론 프로그램도 정상작동한다.

최선을 다해 속전속결로 컴퓨터 메인보드 교체를 해서 마무리지었다. 병원도 고맙다며 수고했다고 원장님은 치아가 불편하시면 언제든 오라며 웃음을 잃지 않았다. 서비스직 종사자들은 이런 희열에 짜릿함을 느낀다. 이처럼 기분 좋게 반겨주면 더 이상 무엇을 바라겠는가. 뿌듯하고 자랑스럽지. 퇴근 시간을 넘겨 늦은 감은 있어도 기분은 좋았고, 본사에 일일 보고를 하는 것이 원칙이라 부품금액에 수익금액, 수리과정을 작성하여 보고를 마치고 나서야 완전히 마무리할 수 있었다.

노트북 수리 프리랜서로 일하면서 수입이 늘어나서 하루가 다르게 형편이 좋아졌다. 홍보도 저비용으로 꾸준히 해서 노트북 수리 일감도 증가하고 있었다. 모든 것이 새 출발이고 어렵게 시작했으니 열심히 한 만큼 노력한 만큼 성과로 보여서 뿌듯하다.

노트북 수리로 한참 바쁠 때는 정신을 몰두해야 한다. 그날도 출장수리며 노트북 수리며 바쁘게 보냈다. 피곤하기도 해서 그날은 저녁작업을 하지 않고 퇴근하려고 수리실 정리하는데 전화벨이 울렸다. 핸드폰 액정을 보니 십여 일 전 컴퓨터 출장수리했던 치과 의원이었다.

"○○○치과입니다. 기사님 빨리 와주세요. 다른 컴퓨터가 갑자기 잘 안 돼요"

"어떻게 안 되나요?"

"잘 모르겠어요. 갑자기 안 돼요."

피곤하기도 하고 퇴근시간이고 해서 움직이기 싫었다. '혹시 내일 오전 일찍 가면 안 될까요?'라고 목구멍까지 왔던 말을 꾹 참고 얼마나 급하면 저러실까 생각이었다.

"잠시 후 출발할 테니 콜센터에 접수해주세요."

본사에 접수를 해야 한다. 개인고객이 아닌 콜센터로 연관되어 있는 고객이 나중에 개인적으로 전화를 해도 본사에 보고를 하고 거래를 하는 것이 규정이다. 이것 역시 컴퓨터 프랜차이즈 회사의 특징이다.

만약 보고를 않고 나중에 발각되면 혼자 부정취득으로 간주하여 계약 해지된다. 프리랜서 계약서에 명확한 조건이다. 간호사 원장님 둘이서 근무를 하니 환자가 많을 때는 진짜 바쁘다.

현장에서 점검 결과 컴퓨터 노후화로 상태가 좋지 않았다. 다운되고 멈추는 것은 바이러스로 인한 윈도우 불량이었다. 자세히 설명을 드리고 비용 안내까지 친절하게 하고 컴퓨터가 노후가 돼서 저렴하게 구매하는 방법까지 추가 설명했다. 예산이 부족해 교체까지는 힘들고 사용할 수 있게만 해달라고 하면서 비용이 조금 비싸다는 뉘앙스였다.

퇴근도 못하고 급하다 해서 왔고 윈도우 설치에 기타 프로그램 설치까지 요구하면서 비싸다고 하니 순간 기분이 언짢아서 비싸지 않은 방법인 윈도우만 설치해서는 윤활하게 잘 사용까지는 장담 못 한다고 설명을 분명히 했다. 어쩔 수 없다는 듯 합의하에 윈도우 설치를 했다.

다음날 오후 또 다시 한번 와달라고 전화 왔다. 내용은 즉 어제 수리한 컴퓨터가 또 다시 말썽을 피운다는 것이다. 교체하지 않는 한 컴퓨터 노후로 앞으로 사용에 불편이 있다고 본사에 접수해야만 방문 기능하다고 했다.

계속 오라고만 하고 접수 얘기는 하지 않는 것을 알 수 있다. 본사에 접수하면 출장비에 점검비가 별도로 발생하기 때문이다. 출장비 점검비가 아까워서다. 노후된 컴퓨터를 교체하기 싫고 그냥 사용할 수 있게 서비스를 받겠다는 것이고 비용은 무료이면 더할 나위 없이 좋겠지. 자기 입장만 생각하는 분들이구나 생각에 몇 마디 대화가 오가고 결론 없이 통화를 마쳤다. 이것이 화근이 될 줄 꿈에도 몰랐다. 이렇게 배신으로 사람을 벼랑 끝으로 몰아가는 방법이

기도 하는 것을 나중에서야 알았다.

　다음날 본사에서 전화가 왔다. 사내 복귀해서 부정거래 및 허위 보고 경위를 소명해야 한다는 내용이었다. 직감이 왔다. 정직하게 수리했고 정당한 요금을 청구했고 모든 것이 떳떳했다. 꿀릴 것이 없었다. 소명할 것이 없는데 소명하는 것이 부도덕하고 정의롭지 못하다. 그래도 프리랜서도 조직의 일원이고 조직의 상부에서 소명하라니 소명해야지. 다행히도 오랫동안 노트북 수리를 하면서 일상 습관처럼 수리 전 행동하는 것이 있다. 수리 과정을 사진으로 남기는 것이다. 확실한 증거다. 노트북 수리는 과정을 알 수 없기에 시비에 휘말리면 확실한 증거 없으면 곤란한 때가 많다. 노트북 수리는 택배거래도 많고 고객도 얼굴 모르고 거래를 하는 경우가 많다. 사진으로 증거를 남기는 것은 수리하는 사람들의 공통된 수칙처럼 습관이 배어 있다.

　마음은 언짢았지만 모든 사진 증거, 영수증, 통화내역, 수리내역, 청구금액 등을 상세히 소명했다. 회사도 잘 알고 있었다. 하지만 한 가지 문제가 있었다. 수리과정, 부품구매, 통화내역 등은 일치했다. 다만 청구금액이 엇갈렸다. 병원에서 지불한 금액이 내가 회사에 보고한 금액보다 많았다. 많은 만큼 내가 부정하게 되는 것이다. 증명할 과학적 방법이 없었다. 요즘은 개선이 됐지만 그때 당시 만해도 컴퓨터 수리업자들이 대부분 영세업자들이고 개인 거래 때 현금으로 하고 계산서 발행은 거의 전무했다.

　나중에 알았는데 병원에서 나에게 팔만 원을 지급했다고 위증을 했고 실제로 청구한 금액은 5만 원이다. 프로그램은 부탁해서 그냥 무상으로 설치해준 것이다. 윈도우 설치 금액 5만 원도 자세히 따지면 비싸다고 할 수 없다. 콜센터 대 수리기사 수익분배구조는 6대 4 비율이다. 5만 원을 청구하면 회사가 60퍼센트를 가져가고 나머지 40퍼센트를 기사가 가져간다. 다시 말하자면 그날 5만 원 청구해서 3만 원을 회사에 입금을 했고 2만 원이 실제 나의 수입금액이다. 특히 5만 원에는 출장비 일만 원이 포함되어 있다. 콜센터에 전화를 하고 출장비 점검비 발생하니 전화를 끊고 나한테 직접 전화를 한 것이다. 이유는 1만 원을 아끼기 위해서다.

노트북 수리 20년 가까이 하면서 많은 일들이 있었다. 감회도 많다. 돈을 벌고 안 벌고 문제도 아니다. 어느 고객과 감정적 서운함이나 미안함도 아니다. 제일 많이 느낀 것은 우리 사회에 뿌리 깊은 불신이다. 믿음이 부족하고 신뢰가 바닥이다.

십여 년이 지난 일이다. 아직도 기억이 뚜렷하다. 노트북 수리를 시작한 지 얼마 되지 않았을 때다. 이제 막 출도出徒를 하여 고객 응대, 서비스 자세, 대화 방법도 잘 익히지 못했을 때다. 아무래도 경험이 부족한 부분도 있었다.

토요일이어서 오후 세 시면 퇴근한다. 이날 따라 일감이 많아 수리가 지연돼서 급한 수리 건을 처리하느라고 조금 늦게 퇴근하게 되었다. 아침부터 내린 장맛비는 번개와 강한 바람을 동반하여 앞이 보이지 않을 정도였다. 폭풍우를 피하려 퇴근시간을 더 늦췄다.

비가 그치려니 기다렸지만 바깥은 온통 물처럼 보였다. 비에 몸을 젖을 각오로 퇴근을 하려고 문을 여는 동시에 외부에서 문을 잡아당겨 순간 힘의 균형을 잃으며 몸이 앞으로 기울였다. 화들짝 놀랐다. 우산은 들었으나 몸은 빗물에 샤워를 하듯 흠뻑 젖었다. 한 남성이 비닐봉투에 물이 새어들지 않도록 포장한 가방을 들고 사무실로 들어섰다. 노트북 수리 고객이었다. 빗물을 맞으며 찾아온 것 보아 어지간히 급하지 않고서야 급하게 올 리가 없었다. 빗물도 털지 않고 비닐봉투를 벗기고 가방에서 노트북을 꺼내 고장 났다며 넘겨주었다.

오후 빨리 퇴근한다고 점심도 거른 상태라서 배도 고팠다. 빗물 때문에 노트북 침수 여부를 확인하고 간단하게 증상문의 접수만 하려고 자세히 보지 않았다. 월요일 전화 드린다고 서둘러 메모하고 사무실을 나섰다.

수리를 하다 보면 수리 자체가 불가능한 경우들이 있다. 노트북 메인보드에 침수, 기판파손, 부품 품절로 수리가 불가능하다. 불가능한 것을 잡고 있으면 시간만 낭비하고 이것은 수익하고도 직결된다. 증상은 전원이 안 들어온다고 했는데 메인보드는 매우 깨끗하고 고장 난 메인보드 같지 않았다. 일반적으로 고장 난 메인보드는 약간의 흔적이라도 있다. 아무런 흔적도 없는 이런 경우 좀 더 정밀한 점검을 하고 시간이 더 소요된다. 흔적이라고는 무슨 이유인지 모르지만 노트북을 분해한 흔적은 있었다. 메인보드 수리는 바다에서 바늘 찾기와도 같다.

노트북은 메인보드 칩세트 불량이었다. 과다 사용해서 발열로 고장이 났다. 바로 칩세트 주문을 했다. 앞서 언급했지만 메인보드 전자부품은 국내에서 구입하기 힘들다. 판매처가 없다. 하드디스크처럼 컴퓨터 부품이라도 완제품이면 국내에서 구입도 가능하다. 메인보드 부품들은 IC전자부품으로 수요가 적은 국내에서는 판매처도 거의 없다. 메인보드 부품은 해외에서 직구한다. 해외에서 구매이므로 시간이 3~5일 정도 소요된다. 바다를 건너면서 널뛰기를 하여 부품 가격을 비싸게 수입한다. 노트북 수리 7일 이상 걸리는 시간이 이런 이유에서다.

운이 좋게 이번에는 3일 만에 부품이 도착했다. 수리는 완벽하게 잘 되어 테스트를 거쳐 출고를 하면 된다. 노트북 조립만 남았다. 조립을 하면서 이상한 점을 발견했다. 노트북 상판 케이스가 조금 뽈록하게 올라온 것이다. 뽈록하게 올라온 원인은 하나밖에 없다. 노트북 하판 케이스를 조립할 때 나사를 잘못 박은 것이다. 원래 나사보다 조금 긴 나사를 박으면 생기는 모양이다. 좀 더 힘을 주면 상판 케이스를 뚫고 나오게 된다. 점검하면서 분해 흔적이 있다고 했는데 전에 분해하고 조립과정에서 생긴 것이다. 어느 초보자가 분해하고 조립했구나 조심해야지 하고 중얼거렸다. 토요일에 퇴근하려고 접수하면서 자세히 관찰을 못했다. 노트북 외관이나 상태를 자세히 파악을 해서 고객과 정보를 공유해야 나중에 문제가 발생하지 않는다. 뽈록하게 올라온 것 때문에 큰 사건으로 다가올지 몰랐다.

수리된 노트북을 보면서 고객도 기분이 좋아 보였다. 서비스업 특성이 서비스를 잘해서 상대가 기분이 좋으면 같이 좋아지는 것이다. 나도 기분이 업이 되었다. 결제를 하고 노트북을 좀 더 보더니 뽈록 올라 온 것을 발견하고 어떻게 된 것인지 물어보았다. 사실대로 말씀을 드리고 고객도 본인은 분해한 적이 없다며 가족의 다른 분이 했나 하고 별 것 아니듯이 마무리했다.

다음날 고객이 다시 찾아 왔다. 의심스런 눈빛으로 질문을 했다.

"사장님 집에서 물어보니 누구도 노트북을 분해한 적 없다고 합니다. 컴퓨터, '컴' 자도 모르는 나는 노트북을 분해할 줄도 모르고 다른 곳에 수리 맡긴 적도 없습니다. 이 뽈록하게 올라온 것이 어떻게 된 거죠?"

순간 당혹스러웠다. 마치 내가 그것을 한 것처럼 결론짓기라도 한 듯 질문했다. 분명 어제 사실 경위 그대로 설명을 하였는데 오늘 똑같은 질문을 또 물으니 어떻게 대답을 해야 할까 고민이 앞섰다. 분명 따지러 온 것이 분명한데 말 한마디 잘못하면 모든 죄를 뒤집어쓰게 될 것이 뻔하다.

"고객님 어제 설명했듯이 이건 내가 한 것이 아니라 전에 생겼던 것이고 조립을 하면서 발견한 겁니다. 분명 다른 곳에서 분해한 흔적도 있었습니다."

"사장님 애들이나 저나 노트북을 전혀 모르고 분해하고 조립한다는 것은 불가능합니다. 분명 사장님 쪽에서 발생한 것인데 이렇게 모르신다면 어떻게 합니까?"

"고객님 저는 진짜 모르는 일입니다. 조립하면서 발견한 것뿐입니다."

쉽게 끝날 것 같지는 않다. 그렇다고 무작정 배상하고 인정해주고 마무리 지을 수도 없었다. 숨이 막힌다.

고객은 나름대로 이유가 있을 것이고 나 또한 양심으로 어긴 것이 없으니 떳떳하고 당당했다.

화가 난 사람에게 대꾸를 하면서 대화보다는 잠깐 대화를 멈추고 화를 갈아 앉는 시간이 필요했다. 화난 상태에서 대화를 지속하면 기분만 잡치고 얼굴을 붉히고 감정대립으로 이어질 것이 뻔하다. 경찰을 부를 수도 없고 싸울 수도 없고 잘못이 없는데 순순히 인정하고 배상까지 하기는 더더욱 싫었다. 현재 상태에서 단둘이서 해결하기엔 감정이 상한 상태라 어렵다고 판단했다. 사장님에게 전화를 하려다 멈추고 팀장님에게 전화를 했다. 팀장님은 실전 경험도 있고 이런 분쟁에 전문가이다. 조금이라도 팀장님이 부탁하기가 편했다.

팀장님에 전화로 사건 전체 경위를 설명하고 지금 사무실 상황까지 말씀드렸다. 팀장님도 사회경험이 없는 나를 '사전에 미리 자세히 관찰해야지'라고 말하려고 했다가 잠깐 멈추더니 우선 고객을 안정시키라고 하면서 직접 오시겠다고 했다.

얼마나 시간이 지났을까. 팀장님이 들어오면서 나에게 '아무 말도 하지 말고 한쪽으로 빠져 있어'라는 눈치를 줬다. 팀장님은 웃으면서 침착하게 고객과 인사를 하고 차분하게 입을 열었다. 팀장님이 실무 관리자라며 소개하고 나를 가리켜 나이 어리고 경험이 없는 동생이고 이제 일을 시작한 지 얼마 되지 않았다며 이해해달라고 인사를 건넸다.

"고객님 죄송합니다. 불편하게 하신 점 있으면 사과드립니다."

고객도 눈치를 챘는지 팀장님에게 인사를 했다. 수리를 맡기고 찾는 경위를 설명하고 뽈록 올라온 문제들에도 억울함을 호소하듯 침착하게 말했다.

"저는 수리를 한 적이 없어요. 여기에 처음으로 맡겼습니다. 우리 집에서는 노트북을 분해할 줄 아는 사람도 없어요. 근데 어떻게 노트북을 분해하겠습니까? 그런데 저분이 자기가 안 했다고 하는데 믿을 수가 없어요."

팀장님은 미리 계산을 해놓은 듯 배상문제며 가격문제며 해결문제며 꿰뚫고 있었다. 고객 말이 끝나기라도 기다렸다는 듯이 바로 말을 이어갔다.

"고객님 이렇게 하시면 어떨까요? 이왕 일이 발생했어요. 서로 잘못만 따지면 아무런 해결이 되지 않습니다."

숨을 한숨 고르더니 말을 계속했다.

"이런 일은 경찰을 불러도 서로 확실한 증거 없으므로 해결도 안 됩니다. 서로 언성을 높이며 싸울 것도 없으며 조금씩 양보 하에 배상을 하고 마무리 짓는 것이 좋아요. 고객님 어떠세요? 누가 잘잘못을 따지기보다는 우선 제 동생이 실수가 조금 있는 듯합니다. 노트북 상판 케이스 시중가격이 10만 원 정도입니다. 우리가 모두 책임지기에는 억울함도 있고요. 고객님도 억울하겠지만, 6대 4 비율로 우리 측에서 6만 원 부담하고 나머지 고객님 책임지세요. 만약에 수리를 할 거면 4만 원을 주시고 수리를 해드릴게요. 수리를 않고 사용해도 무방합니다. 그냥 이대로 사용하시려면 6만 원 현금배상을 해드릴게요. 고객님 어떠세요?"

결국 현금 6만 원을 드리고 이 사건은 마무리되었다. 이후로 한 가지 습관이 생겼다. 모든 노트북을 접수할 때 자세히 관찰하고 카메라로 사진을 남기는 것이다. 접수 때만 남기는 것이 아니라 수리할 때도 남긴다. 수리 내역은 더 중요한 것이다.

"접수 전 항상 자세히 관찰하고 침착하게 확인하고 이런 일은 큰 일이다. 문제가 발생하면 신뢰에 금이 가는 문제고 조심해서 해."

팀장님은 걱정스러운 마음이 역력했다. 신뢰문제와 기술적인 문제는 영업 수익과 직결되는 문제고 좋은 소문이 돌면 좋지만 나쁜 소문이 돌면 곧 문을 닫는 것을 의미한다고 덧붙였다. 접수할 때는 반듯이 외관을 자세히 점검하고 기록을 남기라고 했다. 반듯이 고객 앞에서 확인하고 보여주며 설명하고 확인해야 한다고 했다. 택배로 받거나 고객이 부재 시는 반드시 사진으로 증거를 남겨야 한다. 또한 접수할 때 노트북 가방, 배터리, 전원공급 장치 동봉했는지 꼭 확인하고 메모하라고 했다. 고객의 전화번호, 주소, 이름은 필수라며 챙길 것을 당부했다.

더 중요한 것은 처음 노트북을 받아서 점검할 때 노트북을 전원연결을 해서 작동여부를 꼭 확인해야 한다며 주문하듯 당부했다.

"수리할 때도 사진을 찍고 저장을 해. 나중에 문제가 발생하면 증거가 되고 해결에 도움이 될 거야. 사진에는 찍은 날짜 시간을 표시해둬라. 수리한 과정과 내용도 항상 찍어두는 습관이 매우 중요하고 저장해두는 것이 아주 중요하다. 나중에 수리할 때나 수리 시 어려움에 있을 때 좋은 공부 자료이다. 돈으로 살 수 없는 실전 교육이다. 내용을 정리해서 별도로 저장하는 것이 좋아. 노트북 수리는 기술만 있어서 인정받는 거 아니야. 기술만큼 고객과의 소통이 중요하다. 이것은 돈하고 관련이 있어. 고객과 소통이 안 되면 곤란해. 대화가 잘 풀리지 않으면 오늘보다 더 복잡한 일들이 생긴다. 오늘 고객은 착한 사람이야. 고약한 사람이면 너에게 노트북 통째로 바가지를 씌울 수도 있어."

팀장님이 가고 한참을 혼자 멍하니 있었다. 토요일에 급하더라도 조금만 시간을 내어 자세히 관찰하고 점검했으면 이런 일이 없을 것이다. 노트북 수리 한 번 해서 얼마나 번다고 현금 배상까지 하고 이렇게 장사를 하면 무슨 의미가 있겠는가?

이번 일은 서로에 대한 의심에서 시작해 믿음이 없는 결과였다. 나에게 아무 잘못이 없음이 분명하더라도 증거로 남겨둔 것이 없으니 이렇게 당한 것이다. 누구의 잘잘못을 따지는 것은 아니다. 많은 것을 배웠다. 기술직이라도 기술만으로 성공할 수 없다는 것을 새롭게 배웠다. 무슨 일이든 처음 맞닿으면 당황하고 긴장하며 처리가 미숙할 수 있다. 팀장님의 능수능란한 대응 방법에서 많은 것을 배웠고, 나의 실수가 아니라는 주장만을 내놓을 게 아니라 조금씩 양보하는 미덕이 있으면 좋겠다는 생각도 들었다.

나이가 들면서 조금씩 느낀 것은 세상은 혼자 사는 것이 아니라는 것과 서로 이해하고 조금씩 양보하고 상대의 입장에서 생각해봐야 함도 느꼈다. 직장에서, 사회에서 마찬가지로 독불장군은 존재하지 않는다. 서로 공감하고 서로 소통하면 우리의 삶은 더 행복할 것이다.

그래도 글을 쓸 수 있으니

　사람은 아는 만큼 말하고 보이는 만큼만 세상을 안다. 사람은 그릇이 크고 작고에 따라 큰 사람 작은 사람으로 구분된다.

　2016년 교통사고는 치명적이었다. 사고 당시에는 잘 몰랐다. 시간이 흐르고 후유증에 시달리고 있었다. 다시 정신무장하고 살겠다고 바둥바둥했건만 돌아온 건 좌절이었다. 병원에서 온몸을 붕대로 감싸고 꼼짝달싹 못 하고 숨만 쉬는 송장이었다. 붕대로 감싸는 압박에 숨을 쉬는 것조차 힘겨운 처지였다. 하늘이 인간에게 고통을 주는 방법은 이런 것도 있구나 하고 하늘을 원망하고 신세를 한탄했다. 붕대를 감싸고 있는 며칠 동안은 시간이 고장 난 줄 알았다. 입원실이 정지되고 세상이 멈추고 모든 것이 멈춘 듯했다.

　일반병실로 옮겼다. 병실에는 가쁜 숨소리와 한숨소리만 들렸다. 이 세상에 있을 시간이 얼마 있지 않다는 뜻이다. 옆에 있는 간병인은 오랜만에 젊은 사람이 왔다며 반겼다. 젊은 친구가 있으니 병실도 환해졌고 생기가 돈다고 했다. 그제야 알았다. 내가 젊다는 것. 내가 청년이라는 것을. 아직 젊으니까 쓸모 있는 사람이라는 것을. 최소한 병실에서는 젊다는 자체가 그들에게 환하게 해주는 한 줄기 빛이 되었다. 아직은 조금이나마 쓸모가 있고 다른 사람에게는 희망으로 보이고 생기를 넣어 줄 수 있다는 것이다.

붕대를 풀자 이제는 통증이 기다리고 있었다. 온몸의 장치는 내 것이 아니었다. 많은 양의 진정제 투여 없이는 한시도 살 수 없었다. 주치의가 말했듯이 죽는 고통만큼은 아니니 살 수 있을 만큼 참을 수 있다고 했다. 그 통증을 참을 수 있던 것처럼 인생도 참아야 하고 견뎌야 하고 인내해야 했다.

통증은 좀처럼 가시지 않아 상처와 함께 치료하고 있었다. 얼마나 지났을까. 통증도 조금씩 물러가고 안정을 되찾고 있었다. 시간이 지천으로 남아돌았다. 넋을 잃은 듯 생각에 잠겨보았으나 하루 종일 병상에 누워 있으니 미쳐가고 있었다. 툭하면 긴급호출을 눌러 간호사를 부르곤 했다. 게임을 해도 한두 번이 고작이다. 취미가 아니다. 장기 대국을 할까 생각도 해봤다. 절대 아니다, 다시는 장기 쪽을 잡지 않는다고 했다. 대국은 다음 세상에서 하기로 했다.

병원에서 딱히 할 것이 없었다. 외출도 못한다. 교통사고 환자는 더욱 못한다. 다만 이제 퇴원하면 무엇을 하고 살아갈지가 걱정이었다. 노트북 수리도 언제까지 할 수 있을지 감이 없었다. '버킷리스트', 죽기 전에 꼭 하고 싶은 게 무엇이 있을까도 생각했다. 막상 정리하려고 기억을 되새겨도 백지만 보였다. 무작정 가족에게 집에서 책들과 예전에 쓰던 일기장을 가져오라고 부탁했다.

　일기장에 기억들이 담겨 있었다. 소중한 기억들이다. 어린 시절부터 서울 정착까지 많은 내용들이었다. 그때는 무슨 생각으로 일기를 쓴지는 모르겠다. 일기장이 보물처럼 느껴진 적도 처음이다. 내 개인에게는 소중한 것이고 돈으로 환산할 수 없는 가치가 있었다. 일기 쓰는 것이 이렇게 중요한 역할을 할지는 미처 몰랐다. 책을 썼으면 더할 나위 없이 좋았을 것이다. 일기를 쓰고 다시 짚어보는 것도 처음이고 가슴이 설레었다. 낡은 일기장을 한 장 한 장 넘길 때 마음에서 솟아오르는 뜨거운 눈물이 양 볼을 타고 흘러내렸다. 일기장에는 어린 시절, 공부 시절 흔적들이 고스란히 담겨 있었다.
　일기장에 이런 내용이 있었다.

　형아 나빠.
　형아가 혼자서 누룽지 먹었다.
　먹던 나머지를 달라고 해도 도망쳤다
　엄마한테 울면서 뺏어달라고 했다.
　엄마 말에 형아가 먹던 나머지 주었다.

　어린 시절 시골에서는 간식거리가 따로 없었다. 도시 아이들과 달리 기껏 해봐야 제철에 밭에서 나는 오이나 토마토 정도였다. 그나마 제일 맛있던 것은 가마솥에 밥을 지은 후 가마솥에 붙은 누룽지였다. 그나마 형제들이 적으면 혼자서 독차지 하지만 형제들이 많은 집안에서는 누룽지조차 나누어 먹어야 했다. 간식이 없던 시절에도 어쩌다 생기면 항상 나에게 먼저 먹으라고 줬던 형이다. 이기적이고 배려심이 없던 나는 나를 우선시했고, 좋은 일이든 나쁜일이든 항상 형 탓을 하고 형을 힘들게 했던 기억이 있다.

지금은 형님에 대한 존경심과 마음은 애틋하다. 살기 바쁜 요즘 세상에 성인이 되고 각자 가정을 돌보면서 바쁘고 지친 삶에 멀리 있는 형님에게 겨우 안부만 전한다. 애틋한 정을 나누는 가족을 생각하면 마음 깊숙이 찡한 울림이 있다.

또 다른 장면 어머니에 대한 기억이다.

엄마는 밤에 병원에 갔다.

나도 엄마를 따라 가고 싶었다.

나는 울었다, 근데 아빠가 오지 말라 했다.

엄마는 왜 아플까?

아프지 마세요.

우리 엄마!

어린 동심에 어머니 병원에 가는 것을 싫어했다. 늘 아프고 늘 병원에 가는 어머니를 이해하지 못했다. 늘 함께 있지 못한 것이 아쉬워 아픈 것이 싫었다. 어린 동심이나 불혹을 넘은 나이나 어머니를 사모하고 사랑하는 마음은 같다.

늙어 가시는 우리 어머님은 어머니이기 전에 여자이고 여자는 아름다운 삶이 있다. 그 여자는 희생을 마다하지 않고 우리를 낳아 주시고 우리에게 은혜를 주었지만 우리는 그저 엄마라고만 불러왔다. 누구나 어린 시절을 보내고 청소년 시기를 거치고 중년이 되며 세월의 시간을 거역할 수 없는 노년을 맞이하게 된다.

우리가 어머니를 필요할 때 늘 우리 곁에 있었고. 어머니가 우리를 필요할 때 우리는 늘 바쁘다고 했다.

우리가 철이 들고 어머니와 함께하려고 하니 부모는 곁에 없다. 우리를 기다리다 지쳐서 먼저 가셨다.

아버지에 대한 일기, 할머니에 대한 일기는 더 이상 넘길 수 없었다. 회한의 눈물이 그칠 줄 몰랐다. 가족에 대한 그리움, 사무치는 마음을 잡을 수 없듯 한없이 울고 또 울었다. 따뜻한 보금자리 가족의 울타리는 나이와 상관없이 지키고 싶고 그리운 것이다.

북받치는 마음을 달래기 위해 책을 주문하기로 했다. 독서를 잊고 산 지도 너무 오래 되어서 기억조차 없었다. 서울 생활을 시작하면서 책을 읽은 기억이 없었다. 일기 쓰는 것을 중단한 것도 그때였다. 바쁘다는 이유로 읽을 시간이 없다는 핑계로 읽고 쓰는 것을 멀리 아주 멀리했다. 그때는 읽고 쓰는 것이 중요하지 않았다. 먹고 살고를 해결하면 성공이란 단어가 꼬리를 물고와 여유 없는 삶을 살게 했다. 모든 것이 희망이 사라진 뒤에도 불안정한 마음에 읽고 쓸 만한 공간이 없다는 평계로 외면했다.

주문한 책 다섯 권이 도착했다. 두 권은 자전서이고, 외국 단편소설 한 권, 북한 관련 한 권, 나머지 한 권은 역사책이다. 다섯 권 중 감명 깊게 읽었던 책은 두 권이다. 한 권은 외국 저서이고, 다른 한 권은 자서전인 《내가 글을 쓰는 이유》이다.

이 책을 읽으면서 그리움, 사랑, 애틋함, 동정, 질투, 희망 등 인간이 표현할 수 있는 모든 감정들이 섞이면서 단숨에 읽었고 또 읽었다. 이 책은 운명적 만남이었다. 이 책이 내 인생을 송두리째 바꿔놓을 줄은 생각도 못했다. 읽으면 읽을수록 책 속의 주인공인 양 착각했다. 저자가 누구인지 모른다. 책 속의 주인공은 나를 매혹시키기에 충분했다. 살아온 과정과 배경이 다르다고 해도 핵심 사실에 공통점이 있다는 것에 놀랐고 유사한 경험은 동질감을 갖기에 의심의 여지가 없었다.

낡은 일기장, 그 안에는 가족이 있었고, 사랑이 있었다. 애절함과 애틋한 마음에 다시 훑어보았다. 가족이 있기에 사랑이 있고 행복이 있었다. 감사했다. 낡은 일기장, 다시 책 나라를 만나게 해주었고 글을 쓸 수 있게 해주었다.

고맙다 일기장아. 영원히 간직할게. 사랑한다.

나도 책을 쓸 수 있다

《내가 글을 쓰는 이유》의 작가는 무일푼 막노동꾼, 전과자, 파산자, 암환자, 알코올 중독 경험자라 더 많은 아픔과 고통을 아는 저자다. 이런 불행에도 불구하고 책을 펴낸다는 것은 대단한 의지의 표현이다. 우리는 이것을 기적이라 부른다. 나도 책을 쓰겠다고 결심한 배경에는 이 책이 동기부여가 되었다.

책을 쓰자고 결심했다. 쓰면 되겠지 하고 덤볐지만, 막상 컴퓨터 앞에 앉아서 글을 쓰려고 하니 머릿속에 떠오르는 것이 없었다. 갑갑하고 불안했다. 마음속엔 무엇인가를 말하고 싶고 감추어둔 것이 많은데 정작 글을 쓰려니 아무 생각도 없이 글이 멈춘다. 한 줄 두 줄 적고 보니 더 이상 쓸 것이 없었다. 글쓰기가 쉬운 것이 아니었다.

패자는 말이 없다고 했다. 패자라서 말이 없는 것이 아니라 말을 못할 뿐이다. 패자의 심정에는 그 응어리와 분노와 억울함, 아쉬움과 회한이 가득 차 있었다. 하고 싶은 말은 남김없이 쓰고자 솔직하게 쓰고자 했는데 한 글자도 써지지 않았다.

손은 이미 키보드 위에 글을 쓰고 있는데 마음은 움직이지 않았다. 그토록 하고 싶고 뱉고 싶던 말들은 어디로 갔는지, 이렇게 한마디 한 글자도 쓰지 못하면 억울하지 않겠는가. 며칠의 사투를 벌였지만 결과는 마찬가지였다. 그 후 며칠은 아예 글쓰기를 손을 놓았다. 아무것도 하지 않고 조용하게 생각에 골몰하고 있었다. 나는 명상을 했다. 책 쓰기를 잊고 글쓰기 방법을 생각한 것이다. 할 말은 많아도 표현할 줄 모르면 말을 할 수 없듯이 쓰고 싶은 글은 많아도 쓰는 방법을 모르면 쓸 수 없는 것이었다.

앞에서 언급했지만 《내가 글을 쓰는 이유》 저자를 언젠간 만날 꿈을 꾸었다. 드디어 결심했다. 무작정 찾아가 만나기로 했다. 책 쓰기, 글쓰기를 배우기 위해서였다. 이제 퇴로가 없다. 희망이 없고 절망만 있을 때 인간은 자멸한다. 죽는 것이다. 나이 불혹에 어떻게 살아왔는지, 왜 이렇게 살았는지 의문투성이다. 구질구질한 삶에도 지쳤다. 소망이 있다면 죽기 전에 뭐라도 한 가지 남겨놓고 싶었다. 호랑이는 죽어서 가죽을 남기고 사람은 죽어서 이름을 남긴다고 했던가. 죽기 전에 책 한 권을 남기는 게 소원이다. 이제 후퇴는 못한다. 무조건 책을 써야 했다.

운 좋게 연락이 닿았다. 글쓰기를 체계적으로 배우기로 했다. 저자도 혼신의 힘을 다해 전수를 약속했다. 운명이다. 이렇게 순식간에 생각이 바뀔 수도 있었다. 저자의 정성스런 지도하에 일취월장

했다. 문맥 다듬기, 문장력 향상, 주제 정하기, 올바른 맞춤법, 플롯 프레임, 반전의 매력, 서론에서 결론까지 체계적인 글쓰기 지도를 받으니 이전의 글쓰기와 비교가 되지 않았다. 스승의 글쓰기 방법 11가지 비법까지 전수받았다. 글쓰기에 날개를 달았다. 훨씬 더 매끄럽고 유연하며 생물처럼 생생했다. 글이 살아 있다고 느껴졌다.

글쓰기는 나의 스승이다. 책 쓰기 글쓰기를 통해 새로운 삶을 시작했으면 좋겠다. 글이 있는 삶이 그려진다. 많은 사람들이 저녁이 있는 삶이 좋다고 하거늘 나는 글이 있는 삶이 좋다. 이름이 알려진 대작가도 아니다. 유명한 사람도 아니다. 동네 구석에 숨 쉬고 사는 일반 시민이다. 글쓰기에 있어서 유명한 사람, 대작가들의 전용물이 아니다. 내 글은 나를 쓰는 것이고 내 말을 표현하는 것이다. 글쓰기에서 나를 발견하고 나를 알아가는 것만으로도 충분하다.

죽기 전에 빚은 갚고 죽겠다는 신념이 있었다. 징글징글한 돈에 대해서도 아쉬움이 없다. 모든 것을 잃고 사라지면 만회할 생각도 없이 내려놓을 자격이 주어진다.

조금 잃으면 만회하려는 심리가 작동하여 내려놓지도 못하고 포기도 못한다. 더 깊은 수렁에 빠지고 헤어나지 못하는 진흙탕 삶이 될 것이다. 인간은 자기 지능에 도취되어 냉정함을 잃고 자멸의 길을 선택하곤 한다. 길을 걷다 길을 잃으면 인간은 이리저리 헤매다가 결국은 길을 찾지 못하고 파멸을 맞이한다.

동물은 길을 잃으면 냉정하게 멈추고 오던 길로 되돌아서 길을 다시 찾는다. 어쩌면 냉정함에 있어 동물과 인간의 차이점이다. 예전처럼 죽기 살기로 돈에 얽매이지만 돈의 욕망을 내려놓은 지 오래 되었다. 인간은 손익계산에서 자유로울 때 진정한 자유로운 삶이 찾을 것이다. 돈은 족쇄와도 같다. 족쇄에 채워진 삶은 자유롭지 못하다.

  자유의 삶은 생각도 자유롭다. 글도 자유롭게 쓸 수 있다. 생각나는 대로 쓸 수 있다. 쓰고 싶은 대로 쓸 수 있다. 나만 쓰는 게 아니라 모두 함께 쓰자. 글쓰기 내용은 '나'를 쓰는데 굳이 다른 사람에게 보여줄 의무는 없다. 비록 '나'를 썼지만 이것도 작품인데 다른 사람이 보면 또 어떤가, 남이 보면 안 될 것도 없다. 나의 얘기를 보고 나같이 동기부여가 되어 글을 쓰면 얼마나 좋겠는가. 이 또한 얼마나 행복한 일인가. 글쓰기가 행복하다.

이젠 글을 쓰자 자유롭게

　이제는 글을 쓴다. 모두가 함께 쓰기를 권하고 싶다. 오천만 국민이 작가가 됐으면 싶을 정도로 글쓰기를 권하고 싶다. 인류가 사라질 때까지 글을 쓰자. 지구가 멸망할 때까지 글을 쓰자. 이렇게 쓰면 비웃을 사람도 있을 것이다. 무슨 대가인 양 장황하다고. 인생의 패배자요, 삶의 패배자가 무슨 글을 쓴다고. 이해된다. 이렇게 장황하게 쓰는 데는 이유가 있다.

　글이 모아지면 책이 된다. 책은 인류의 문명을 낳았다. 책은 인류에게 최고의 보고이고 최고의 지혜이고 최고의 선물이다. 최소한 개인적으로 나에게는 새 생명을 주었고 새로운 인생을 부여받았기에 나에게 글쓰기는 사명이다.

　어떤 글을 쓰든 비웃지 말고 욕하지 말자. 쓰레기 글이라도 가치가 있다. 글쓰기는 유명한 사람의 전용물이 아니다. 유명 작가들의 전용물도 아니다. 유명작가만 작가가 아니다. 무명작가도 작가이다.

무명인도 글을 쓸 수 있고 자격도 있다. 어디 이뿐일까? 일반 사람들도 쓸 수 있고 직장인도 쓸 수 있고 어린 학생도 쓸 수 있고 연로하신 노인들도 쓸 수 있다. 한 권의 책을 탄생시키는 것은 쉽지 않다. 실패한 책도 가치가 있다. 독자들의 사랑을 받지 못했을 뿐이다. 한 권의 책에는 저자의 피눈물 나는 노력과 노동이 있다. 존중하고 존경해줘야 마땅하다.

　어느 누구도 비웃을 일도 없으니 글을 뻔뻔하게 쓰자. 감출 것도 없다. 어차피 '나'를 쓰는 것이다. 나를 잘 아는 사람이 누가 있을까? 나에 대해서 아는 만큼은 내가 전부다. 내가 나의 최고권위이고 최고 전문가다. 나를 낳아준 엄마도 잘 모른다. 다른 사람 눈치보고 다른 사람을 의식할 필요가 없다. 뻔뻔하게 글을 쓰자를 다른 말로 표현하면 자기 주관 생각을 확실하게 정확하게 글을 쓰자는 뜻이기도 하다.

　노트북 수리를 하면서 느낀 점이 있다. 이십 년 가까이 메인보드를 수도 없이 수리를 했다. 같은 증상으로 고장 났어도 수리 방법은 동일하지 않았다. 다르게 말하자면 수리방법이 똑같지 않았다. 믿기지 않을 수도 있겠으나 이것은 사실이다. 글쓰기도 같은 맥락이다. 하나의 주제로 수백 명, 수천 명이 글을 써도 단연코 똑같은 책이 탄생하지 않는다. 똑같은 책이 나오지 못하는 이유는 사람마다 살아온 여정이 다르고 성장한 과정이 다르고 생각마저 다르기 때문이다. 당연하지 않는가. 따라서 자기주장을 정확하게 표현하고 전달하는 것이 독자에 대한 도리이고 책임이다.

글을 쓰다가 보면 문장력이 향상됨을 느낄 때 있다. 문장의 짜임새도 제법임을 느낄 때도 있다. 좋은 일이다. 매일 쓰면 글 쓰는 능력도 는다. 자신감도 생긴다. 매일 글을 쓰고 어느 시점에 들어서면 글쓰기가 어려워지고 힘들어진다. 더 높은 한 계단 도약의 과정이라고 하지만 많은 전문가들은 문장을 멋있게 재밌게 잘 쓰려고 하는 데서 문제가 발생한다고 한다. 필력이 조금 향상되었다고 해서 전체 문장력이 좋아졌다고 보기 어렵다. 아직 필력이 약한데 베스트셀러급 책을 쓰려고 하니 글쓰기가 힘들어진다. 막상 컴퓨터 앞에 앉아 두세 줄을 쓰고 생각만 하고 손을 놓는 경우가 종종 있다. 이것은 잘 쓰려고 하는 압박감에서 생긴 것이다. 글쓰기는 노력이다. 노력만큼 써진다. 잘 쓰려고 해서 잘 써지는 것도 아니다.

마치 노트북 수리와도 같다. 노트북 수리도 노력만큼 수리가 된다. 아무리 수리를 잘하려고 해도 수리가 생각처럼 잘 안 된다. 실력이 없으면 메인보드 앞에 멍하고 손 놓고 있는 경우가 허다하다. 메인보드 기판수리는 꾸준히 수리를 해야 수리기술이 향상되고 실력이 쌓이면서 수리율도 높고 수리가 잘 되는 것이다.

글쓰기도 꾸준히 쓰면서 글쓰기 기술이 발달되고 문장력이 쌓이면서 수준 높고 좋은 책으로 탄생되는 것이다. 무슨 특별한 비법이 없다. 매일 쓰고 노력한 만큼 많이 쓴 만큼 글 솜씨도 좋아지고 좋은 글들이 모여 좋은 책이 나오는 것이다. 매일 쓰자. 별도로 투자 돈이 들어가는 것도 아니다. 컴퓨터 앞에 한글 프로그램을 실행하여 여백에 글을 입력하면 된다.

　지금 이 글을 쓰면서도 몇 시간째 멍하니 앉아만 있었다. 그러다 어느 순간 자연스럽게 글이 써졌다. 개인적으로 느낀 점이다. 나는 내 글 실력을 알고 있기에 잘 쓰려고 하는 것보다 솔직하게 쓰고 구체적으로 쓰려고 한다. 이것도 필력을 끌어 올리는 데 도움이 된다. 글을 잘 쓰려는 것보다 있는 그대로 쓰자는 것이다. 그러면 쉽게 글이 써진다. 내가 쓰고 싶은 아픈 것, 고통스러운 것, 실패한 것들을 솔직하게 있는 그대로 쓴 문장이 더 매력적이고 더 좋은 내용이 될 것이다. 아무리 화려한 글이라도 독자가 읽은 후 가슴에 와 닿지 않으면 진실을 왜곡한 것이고 독자를 상대로 사기를 친 것이다.

　솔직하게 쓰는 게 부끄러운 게 아니다. 솔직하게 써야 진실성이 묻어나고 전달하고자 하는 내용이 독자로부터 호응을 얻을 것이다. 가장 아픈 기억, 처절한 현실, 후회한 일들을 진실하게 써야 감정이 묻어나고 감동이 있다. 아픈 곳 아픈 상처를 쓰면 울컥할 때도 있다. 눈물이 흐르고 울고 싶어도 이를 꽉 깨물고 독한 마음으로 쓰면 글도 독해진다. 슬픈 글을 쓰면 슬퍼지고 기쁜 글을 쓰면 기뻐지기에 솔직하게 쓰자.

　'간단 명료하게 쉽게 쓰라'는 스승의 가르침이다. 이해하기 쉽게 쓰라는 뜻이다. 독자 누구든 쉽게 이해하고 쉽게 읽을 수 있는 책이 좋은 책이다. 어느 특정 부류를 상대로 책을 펴내는 것이 아니다. 어린 학생 연로하신 어르신 할 것 없이 모두 읽을 수 있는 책을 지칭한다. 우리가 쓰는 글은 서민 글이다. 전문서적이 아니다. 전자회로 관련 전문서적은 그 분야의 지식인, 전문가들의 공부용이기에 다소 난이도가 있고 어렵고 복잡해도 괜찮다. 전문용어로 가득한 이해하기 힘든 책이라도 전문가가 알아보고 유용하게 정보를 이용하면 된다. 우리가 쓰는 책의 목적은 전문지식을 담고 교재용으로 판매하려는 것이 아니다. 글쓴이의 행복과 사랑, 기쁨과 슬픔, 성공과 실패, 아픔과 고통을 공감하고 이해하고 교류하면서 소통하는 것이 목적이다.

어려운 책들을 읽다가 중도 포기하는 경험이 있다. 예를 들고 싶어 가제를 만들었으니 착각없기를 바란다.《연애의 기술이란》책을 읽었다고 가정하자. 핵심만 콕콕 찍어 쉽게 쓰면 이해도 쉽고 재미도 있을 텐데 한마디 조언에 길고 쓸모없는 곁가지들로 내용을 채웠다면 읽는 자로서 연애 소설인지 교재용인지 헷갈리게 된다. 읽다 보면 지루하고 재미없으면 아무리 좋은 책이라도 몇 장 못 읽고 책을 덮어버릴 것이다. 독자로부터 외면받으면 결국은 실패한 작품이다. 노트북 수리 문의 상담하는 것과 같다. 노트북 고장으로 수리 문의는 일감으로 직결된다. 노트북 고장으로 수리 상담 문의를 하는데 상담사가 알아듣기 힘든 전문용어를 사용하면 고객은 더 혼란스럽고 무슨 말인지 이해를 못하면 수리를 의뢰하지 않는다. 곧 일감이 사라지는 것과 같다. 책도 고객인 독자가 외면하면 책이 팔리지 않을 것이다.

'맘대로 쓰되 욕지거리나 비방 글은 삼가라'고 알려주셨다. 특히 감정이 섞여 글을 쓰면 마음을 치유하고자 하는 목적과는 거리가 멀다고 했다. 대신에 내용은 응어리의 뿌리를 뽑는 연습을 하라고 했다. 찌꺼기가 남아 있으면 후회할 뿐 아니라 절대로 자신을 치유할 수 없다고 했다. 글쓰기에 감정 삽입은 좋지 않다. 어떤 사물을 평가하거나 문제를 평할 때는 감정 삽입은 금물이다. 글쓴이는 객관적인 관점에서 평가해야지 자기감정에 휘말려서 자기 중심의 글을 쓰다 보면 본래 취지와 달리 엉뚱한 방향으로 흘러간다. 매우 좋지 않는 습관이다. 욕이나 비방, 감정을 넣어 글을 쓰지 않고도 하고 싶은 말을 충분히 표현할 수 있다. 그런 필력을 연습하고 연습하면 욕이나 비방 없는 아주 좋은 결과를 가져올 것이다.

글쓰기는 훈련에 훈련이다. 두려움마저 생기면 글을 쓰기는 더 힘들어진다. 어려운 글쓰기를 극복하는 데는 글쓰기의 두려움부터 벗어나야 한다. 글쓰기가 두려우면 글쓰기를 멀리 한다. 갖은 핑계를 대지만 제일 많은 핑계는 아마도 '시간이 없다'일 것이다. 다른 사정이 있어서 핑계를 대면 어떨지 모르지만 시간이 없다는 핑계는 말이 안 된다.

왜냐하면, 글쓰기에 하루 종일 시간이 필요한 것도 아니고 많은 시간이 필요한 것도 아니다. 식사 한 끼 먹는 시간이면 충분하다. 하루 30분이면 최소한 몇 줄의 글을 쓸 수 있다. 매일 몇 줄씩 써도 된다. 나중에는 필력이 늘어서 백지 한 장 쓰는 것도 문제가 되지 않는다. 친구들하고 커피 마시면서 수다 떠는 시간이면 남고도 남는 시간이다. 진짜 시간이 없다면 10분이라도 글쓰기가 우선으로 일상화되고 친해져야 한다. 친해지는 습관은 간단하다. 하루 10분이든 30분이든 매일 잊지 않고 쓰는 데 목적이 있다. 매일 쓰다 보면 익숙해지고 습관이 된다. 글 쓰는 습관이 중요한 것이다.

글을 쓰기 전에는 누구나 글을 써본 적이 없는 사람이었다. 글을 써본 적이 없다며 애써 둘러대는 것은 핑계일 뿐이다. 써본 적이 없으면 지금 당장 쓰면 써본 적이 있게 된다. 도전도 못 하는 인생은 후회할 것이다. 왜냐하면 살면서 경험해보지 못한 일은 도전도 시작도 못했으니 그야말로 헛된 인생이고 황당한 일이다.

나도 처음부터 노트북수리 전문가가 아니다. 수리 경험은 없지만 도전해서 우여곡절 피나는 노력 끝에 얻은 결과다. 도전해서 노력으로 얻은 결과는 더 값지고 보람을 느꼈다. 경험이 없기 때문에 도전을 하라는 것이다. 글을 써 본 적이 없기 때문에 나도 글쓰기를 도전했다. 죽기 전에 뭐라도 도전해보고, 하고 싶은 거 해보고 죽는 것이 당연한 거 아닌가.

글자는 뭔가를 표현하라고 만들어진 문자다. 써본 적이 없다느니, 문장력이 약하다느니 하지 말고, 지금 당장 한 문장 한 줄의 글이라도 써봐라. 그러면 나처럼 글을 쓰게 된다. 필력은 글을 쓰는 데서 향상되기 때문에 매일 글을 쓰면 자연스럽게 해결이 되는 문제다. 노트북 수리도 마찬가지다. 처음부터 수리를 잘하는 것도 아니고 수리 실력을 갖춘 것도 아니다. 하나씩 수리를 하고 경험을 쌓으면서 실력도 좋아져야 수리도 잘하게 되는 거다.

글쓰기도 처음부터 문장력이 좋고 필력이 좋은 사람은 없다. 매일 쓰면서 필력이 늘고 문장력도 좋아지고 쓸 내용도 많아질 것이다. 필력 문장력은 누가 가르쳐주는 게 아니라 오직 스스로의 노력이 따라야 는다. 그러기 위해 나는 쓰고 또 쓸 수밖에 없다.

매일 글을 쓰지만 지금도 몇 줄을 쓰고 멈출 때가 많다. 소재가 있다고 해도 한 글자도 쓰여지지 않는 경우도 있다. 이럴 때는 미친다. 한 글자도 입력하지 못하고 앉아서 몇 시간을 미동도 않고 멍을 때린다. 생각도 없고 떠오르는 것도 없다. 어쨌든 글을 써야 한다는 신념 때문이다. 밤새도록 앉아 종이 한 장의 여백을 채우지 못하더라도 한 문장 아니 한 글자라도 써야 적성이 풀리는 것이다. 오늘 밤도 두 글자 입력하고 밤을 새우고 있다. 이런 힘겨운 상황도 연습해야 한다. 글을 쓰는 사람이면 정신적, 육체적으로 힘든 노동이라는 것에 공감이 될 것이다.

사람 내면을 채우는 데 글쓰기만큼 좋은 방법이 없다. 글을 쓰면서 나의 내면을 알고, 나의 아픔도 치유하고, 나의 약점을 강점으로 만들어가는 훈련도 한다. 그러다가 멋진 표현이 만들어질 때면 지긋이 미소도 짓는다. 행복하다. 나는 글을 쓴다.

글을 쓰면서 변하기 시작했다

좋은 글을 쓰기 위한 방법은 앞에서 얘기했다. 하지만 한 가지 부족한 것이 있다. 좋은 글을 쓰기 위한 방법을 알기 위해서는 다른 사람이 쓴 글을 보고 읽고 배워야 한다. 독서를 빼놓고 글쓰기는 성립할 수 없다. 독서는 그만큼 뺄 수 없는 요소이다. 글을 잘 쓰기 위해 책을 읽는 것은 정론이다. 생각처럼 글이 잘 써지지 않아서, 글을 잘 쓰기 위해 읽고 또 읽었다. 좋은 문장을 발견하면 노트에 적기도 하고 필사도 빼놓지 않았다.

매일 읽고 쓰고 하는데 글쓰기 수준은 생각보다 나아지지 않는 듯했다. 여전히 제자리를 맴돌고 있는 수준 이하의 내 글을 볼 때는 속상했다. 글쓰기가 쉬운 것이 아니라는 생각이 들 때면, 어쩌면 글쓰기가 특별한 재능을 가진 사람들의 전유물이 아닐까라는 생각도 했다. 지금 생각해보면 잘 쓰겠다는 강박에 잘 쓰고 싶다는 욕심이 너무 앞선 것 같다. 글쓰기가 하루아침에 완성되는 게 아니라는 것을 알기에, 잘 쓰겠다는 욕심을 버리고 성실한 마음으로 글쓰기에 임하기로 했다.

글쓰기는 나의 많은 부분을 변화시켰다. 처음 글쓰기를 할 때 문맥도 고르지 않았고 맞춤법도 틀리고 내용도 정확하게 알지 못했다. 문장도 앞뒤 연결이 제대로 되지 않았다. 하지만 글을 써서 나쁜 버릇을 고칠 수 있고, 아픈 마음을 치유할 수 있다는 확신이 있었기에 글쓰기를 멈추지 않았다.

그러고는 글쓰기를 쉽게 하기 위한 방법으로 잘 써야겠다는 마음을 내려놨다. 인생 삶에도 욕심만 있어서 모든 일이 잘 되지 않고 오히려 욕심이 과다하면 패망을 부르고 대가를 치르게 한다. 불안한 마음은 정신적으로 고통스러웠다. 하지만 컴퓨터 앞에 앉아 있는 내 모습은 평온했고 고요한 마음을 만끽할 수 있었다. 한 글자 한 글자로 여백을 채워져 나가는 순간 마음은 안정을 찾았고 안정한 만큼 마음도 너그러워졌다. 글쓰기는 이렇게 심적으로도 변화를 주는 힘을 지녔다.

매일 일만 하고 아무런 생각 없이 생명만 이어간다면 삶에 무슨 희망이 있겠는가? 글쓰기는 나를 알게 하고 소중함을 알게 되고 자신을 깨우치게 하는 힘이 있다. 글쓰기는 연약한 마음을 다스릴 수 있게 해준다. 글쓰기는 정신력도 강하게 만들어 준다. 아무것도 가진 것 없고 세상에 나설 용기도 없고 나약해진 정신으로는 아무것도 할 수가 없었다. 글쓰기는 마음을 온화하고 차분하게 해주었으며 배려심이 생기게도 했다.

글쓰기는 괴물 같은 힘을 가지고 있다. 글을 쓰면서 큰 변화가 온 것은 술을 멀리했다. 확실한 것은 글을 쓰면서 술을 입에 대지 않았는 것이다. 술을 참 좋아했다. 술 때문에 문제가 생기는 일도 많았고 내 삶에 커다란 장애물로 작용하기도 했다. 술을 끊지 못 할 줄로만 알았다. 항상 막다른 인생처럼 처지를 비관하고 술을 이겨내지도 못하면서 매일 술병과 싸움을 했다. 술 향기에 끌려 주체 못하는 자신도 너무 미웠고, 나약한 내 모습에 혀를 찼다. 술을 끊겠다고 결심을 하면서도 또 다시 입에 댔다. 하지만 독서와 글쓰기에 전념하면서 잡생각이 없어졌다. 글쓰기를 할 때는 술을 마실 수가 없었다. 술을 마시고 나면 글쓰기는커녕 독서마저 할 수가 없었기 때문이다.

술과 글쓰기 중 선택의 기로에 놓였다. 글쓰기가 위대하다는 것을 안다. 결국 시간이 가면서 글은 매일 썼고 술은 마시지 않게 되었다. 신기한 것은 술도 글쓰기 마법 앞에서는 힘을 못 썼다. 매일 쓰면서 술에 대한 의존도를 완전히 벗어났다. 글쓰기는 신기하다. 모든 것을 가능케 하는 원동력이 있다. 술을 멀리하고 마음이 맑으니 세상도 맑게 보였다. 새로운 것, 새로운 희망이 보였다. 글쓰기가 가져다준 내면의 힘은 내 삶에 한 줄기 빛이 되었다.

글을 쓰면서 많은 변화가 온 것은 행운이었다. 마음의 평온이 가져온 것도 축복이었고 세상을 바라보는 시각도 달라진 것도 글쓰

기의 힘이었다. 사업에 실패하고 폐인으로 살았던 시절에는 불면증
에 시달리고 있었다. 의학의 도움이 없이는 잠을 이루지 못했다. 하
지만 나는 의학의 도움을 받지 않았고 매일 술로 세월을 보냈고 술
의 힘을 빌려 잠을 청하곤 했다. 술에 의해 잠을 자는 방법은 현명
한 선택이 아니었다. 수면의 질도 보장 못할뿐더러 술에서 깨면 머
리는 더 아프고 술에 의존도는 더 심해졌다.

교통사고 후에 후유증에도 시달렸다. 연일 며칠째 잠을 이루지
못하는가 하면 심지어 약을 복용하지 않고는 도무지 잠을 이루지
못했다. 교통사고 후 통원치료에 출근까지 하고 심리적 압박에 신
경은 더 예민해져 있었다. 잠이 오지 않는 밤에 눈을 억지로 감고
지낼 수도 없었다. 과거의 잊고 싶은 순간들은 머리를 쉬게 하지 않
았다. 그래서 진중하되 냉정하게 생각했다.

지난 과거를 억지로 잊으려 하지 않았다. 행복했던 순간들, 돌아
가고 싶은 순간들, 후회되는 순간들, 아픔이든 상처이든 모든 기억
나는 것들을 가슴에 차곡차곡 담았다. 그리고 하나하나씩 끄집어내
어 글로 적어 내려갔다. 글을 쓰면서 그 쓰라린 것들이 눈앞을 가리
고, 감정을 억누르고 참으려 했지만 참지 못했다. 슬퍼서 펑펑 울
기도 했다.

과거를 잊으려고만 했다면 어쩌면 불가능했을지도 모르고 불면
증은 더 심했을 것이다. 잊을 수 없는 것이면 차라리 가슴에 묻어두
는 것도 나쁘진 않다. 가끔은 끄집어내어 반성도 하고, 아픈 이유의
원인을 찾아보기도 하고, 글을 써서 다시는 잊지 않겠다고, 두 번

다시 잘못을 범하지 않겠다고 다짐하고 다짐하는 것이다. 아픔과 상처를 잊기까지 시간이 걸리지만 글쓰기에 있어서 더 이상 악몽과 불면증에 시달리는 일은 없을 것이다.

매일 쓰는 글은 한 장 한 장씩 쌓여졌다. 결국은 책까지 낼 수 있게 되었다. 이렇게 인생이 반전이 될지는 몰랐다. 책을 낸다고 해서 인생이 달라진 것은 없지만 내 손으로 나의 이야기를 쓸 수 있다는 게 믿어지지 않았다. 출판사 계약을 하고 아무 생각도 없었다. 과연 이게 현실인지 꿈인지 실감이 나지 않았다. 내가 책을 낸 것이 맞나 싶었다. 울컥했고 감격했다. 무엇인가 노력하고 열심히 하면 이루어진다는 것을 실감했기 때문이다. 글을 써서 삶이 바뀌고 생활의 활력소를 얻었다. 글쓰기는 힘의 원천이 되었다. 아무것도 할 수 없다고 느낄 때 글쓰기를 통해 나를 보고 자신감을 찾을 수 있어서 더욱 좋았다. 한 발짝 물러나 자신을 바라볼 수 있었고, 모든 욕심을 내려놓고 정상적으로 살아가는 나를 발견하는 신비로운 경험을 했다.

글을 쓰면서 많은 변화가 온 것은 행운이었다. 마음의 평온을 가져온 것도 축복이었다. 세상을 바라보는 시각도 달라진 것도 글쓰기 덕분이기에 감사하다. 글쓰기는 욕심을 버리는 힘이 있다. 이것은 신이 준 선물이었다.

내 삶의 마지막 소원. 그래도 글을 쓸 수 있었으니.

실패한 이유 이유들이여

이 글을 쓰면서 과연 내가 쓸 자격이 있는지 묻고 물었다. 성공한 사례를 쓰는 것도 아니다. 아무것도 이루지 못한 것들을 하나씩 나열해놓은 것은 상처와 후회들로만 가득 찼다. 지금도 망설이고 방황하는 모습은 부끄럽고 한스럽기 짝이 없다. 성공담보다 실패의 원인을 글로 써도 책 한 권 분량이 충분하다. 세상 물정 모르고 혈기 넘치는 젊은이가 세상의 험한 이치의 인생역경을 펼쳐 보였다. 삶에서 행복과 불행, 아픔과 기쁨, 성공과 실패, 그리고 꿈과 좌절이 항상 자신과 함께한다. 안타까운 것은 실패와 좌절, 아픔과 상처에 몸부림치는 날들이 행복과 성공할 때보다 훨씬 더 많이 있다는 사실이다.

인내는 절망 속에서 길을 찾을 수 있다고 했다. 하늘이 무너져도 솟아날 구멍이 있다는 말처럼 누군가는 이렇게 말할 것이다.

"삶에는 절망이 존재하지 않는다. 절망은 정신적인 생각에서 비롯되는 것이다. 절망에서 빠져나갈 길이 보이지 않는 것 같아도 언제든지 빠져나갈 수 있는 상황으로 바뀔 수 있다는 것을 기억하라."

지금 사람 사는 사회는 자신에게 자신을 발견하고 성장할 수 있는 공간을 제공한다고 믿는다. 그래서 누구나 삶의 거대한 무대에 나서 자신의 재능을 펼치고 목표를 이루기 위해 끊임없이 노력한다. 이루어진 모든 것은 무대의 주인공인 자신이 피와 땀을 흘려야 이뤄진다. 대본이 없는 무대에서 실수나 잘못을 저지르는 것은 피할 수 없기 마련이다. 인간은 살아온 삶에서 가치관, 경력, 학력, 경험을 쌓는 과정에서 주관적이든 객관적이든 실수를 하지 않을 수 없다. 잘못을 범하고 그 원인을 알고 다시는 반복하지 않을 것을 스스로 반성하며 자신을 돌아보며 성장해간다.

신뢰는 인생 성패를 좌지우지한다. 신뢰는 인간이 지녀야 기본적인 미덕이다. 겸손, 공경, 지혜를 겸비하더라도 신뢰를 잃으면 인생의 기본을 잃는 것이다. 신뢰는 미덕의 수준을 뛰어넘어 한 사람의 됨됨이, 도량, 결단력, 책임감 그리고 그 사람의 그릇을 가늠해볼 수 있는 기준이다. 현대사회에서 신뢰감을 주는 인품은 성공을 위해 반드시 갖춰야 할 덕목이다. 신뢰를 쌓기 위해서는 우선 솔직해지로 했다.

솔직함으로 상대를 대해야 경계심이 사라지고 서로의 거리를 좁힐 수 있다. 서로를 좀 더 이해하고 상대를 좀 더 가까이 하며 효과적으로 소통하고 공감을 얻을 수 있다. 솔직함은 팍팍한 세상을 살아가기 위한 지혜이기도 하다. 인간관계를 유지하고 상대의 생각을 읽을 수 있어야 그 사람을 이해하고 더 가까이 할 수 있다. 인간 사회에서 솔직하게 소통해서 서로의 다름을 인정해야 이해 충돌을 막을 수 있다. 솔직하게 소통을 해서 인간관계의 거리를 줄이고 더 나아가 정서적인 교감을 함으로써 인간관계를 원활하게 유지할 수 있다. 솔직하다는 것은 말을 빙빙 돌려서 얘기하지 않고 자신의 생각을 있는 그대로 이야기한다는 뜻이다. 여기에 더해 자신의 생각을 전할 때 진심, 마음, 감동도 포함된다.

나는 이런 것이 부족했다. 수양이 부족하고 넓은 아량과 이해심이 부족해서 어쩌면 실패로 연결되었을지도 모른다. 그렇다고 솔직함이 자신의 모든 생각을 전부 꺼내놓는다는 것은 절대 아니다. 분수도 없이 상황 파악도 못하고 장소와 적절한 말의 수위 조정도 없이 과대포장하고 헛소리를 하면 역효과만 불러온다. 거짓 없이 솔직함을 사용할 줄 안다면 진정한 의미의 지혜를 가진 자라 하겠다.

삼십대 술에 대한 추억이 암울함을 안겨주었다. 술을 누가 언제 어떻게 만들었는지 문화적 배경과 술의 역사는 어떠한지 전혀 관심이 없다. 만약에 이 세상에 술이 존재하지 않았다면 어떤 사회가 형성됐을지 궁금해서, 몇 년 전 술에 관한 서적이나 자료들을 찾아봤던 기억이 난다. 책들을 읽으면서 술에 취한 나 자신에 대한 증오와 후회가 가득했던 때가 있었다. 책들을 읽으면서 술은 나한테 맞지 않다는 것을 알게 되었다. 워낙 주량이 적다 보니 술을 이겨내지 못하는 체질이다. 술의 기운이 그대로 다음날까지 이어졌다. 술을 마신 후 몸은 피곤하고 힘들어했다. 지금에 와서 생각해보면 못 마시는 술을 억지로 목구멍으로 퍼넣은 것이다. 참으로 아둔한 짓이 아닐 수 없다.

술을 과하게 마시면 다음날 업무를 효율적으로 추진할 수 없었다. 몸이 아플 정도로 마시면 잡혔던 약속이나 중요한 사업 미팅도 차질이 생겼다. 여러 번 악순환이 반복되면 사업 파트너들에게 믿음이 깨지고 신뢰도 잃게 되었다. 결과는 뻔했다. 인간의 기본 미덕이라고 하는 신뢰를 잃는 순간 사업은 접어야 했다. 절대로 성공할 수 없다. 사업은 혼자 하는 것이 아니다. 서로 경쟁하면서 서로 협력하면서 서로 도와주면서 하는 것이다. 밑바탕에는 믿음과 신뢰, 이해와 공감, 솔직함 그리고 소통이 있어야 한다. 명심하자. 술은 적당하게 마시는 것이다.

술이 영향을 미치는 또 하나의 것은 건강이다. 술을 잘 마시지 못하는 사람은 물론이고 잘 마시는 사람도 매일 술에 가까이 하면 건강이 남아돌지 않는다. 약주가 독주毒酒로 변한다. 신경이 약한 사람, 간에 건강문제가 있는 사람, 심장 질환자, 불면증 환자 들은 절대로 술에 멀리 해야 한다. 건강이 악화돼 암에 걸린 사람도 술을 못 끊는 이유는 알코올성 중독증이다. 건강을 잃고 술을 끊으면 무슨 소용이 있겠는가. 죽으면 가족과 친구들을 영영 이별하는 것이다.

술이 우리 개인의 일상생활에는 생각지 못한 결과를 낳는다. 술을 마시는 사람들치고 남녀노소 할 것 없이 한 번이라도 술에 취해보지 않는 사람은 없을 것이다 술이 과하면 실수를 할 가능성이 훨씬 높아진다. 술에 취하면 말 못하던 사람도 입을 열게 하지 않던가. 술에 취해 길바닥에 엎드려 자는 사람도, 자고 보니 파출소에 자는 사람도, 많을 거다. 술에 취해 핸드폰, 지갑이며 가방이며 잃어버린 사람도 부지기수일 것이다. 일상 사회생활에서 좋은 관계를 유지하던 사람도 친구도, 지인과도 술로 인해 불쾌한 일이 생기거나 심지어 인연까지 절연하게 된다.

술로 인해 가정이 파탄되는 경우도 주변에서 쉽게 볼 수 있다. 친구들과 연을 끊고 사는 사람들도 수없이 많다. 얼마나 불행한 일인가. 더욱 조심해야 하는 것으로 술에 취해 이성에게 하게 되는 실언과 실수는 절대 금물이다. 술에 취해 이성 관계에서 경계를 낮춰서는 절대로 안 된다. 직장생활에서 동료들과의 술자리는 아주 중요하다. 한 번의 실수로 퇴사는 물론 명예까지 잃게 될 수도 있다. 술은 좋거나 나쁘거나 알아서 술은 조금만 마시자.

신뢰와 믿음이 있는 인품을 가진 사람이라도 겸손, 인내, 분수를 아는 지혜도 필요하다. 나는 너무 부족한 인간이기에 이런 글을 써도 되는지 모르겠다. 이해를 구하며 쓰면서도 하도 부족한 것이 많기에 이 글을 쓰는 동안도 부끄럽다. 만약에 이러한 것들을 미리 알았더라면 실패한 경험 글을 쓰지 않았을 터다.

직장생활에서 우리가 원하는 리더, 자신에게는 엄격하게 남에게는 관대하게 대하는 인품을 소유한 자가 될 것이다. 진정한 리더는 자신이 할 수 없는 일이 있으면 노력하고 성공을 해서 다른 사람에게도 해내라고 독려하고 이끌어줘야 한다. 전체 사업의 작은 것 하나라도 놓치지 말고 파악하고 관찰하고 분석한 뒤 자신의 경험과 능력을 총동원해 회사의 발전 방향을 결정해야 한다.

십여 년 전 세 사람이 모여서 사업을 크게 한다고 했을 때 진정한 리더 없이 허둥지둥하면서 무너진 것이 경험 중 하나이다. 너무나 아쉬운 대목이다. 주변에서도 많이 볼 수 있듯이 인생목표를 달성한 이들은 하나같이 넓은 가슴을 지녔다. 이런 분들은 사사로운 것에 얽매이지 않고 멋진 포용력을 지니고 있다. 보통 사람은 한 잔의 물을 품을 수 있을 뿐 강물을 품을 수 없다. 바다를 품을 수 있는 마음의 크기가 있어야 세상을 품을 수 있고 거친 파도 속에서도 살아남을 수 있다. 사람을 넓게 품을 수 있어야 많은 사람을 품을 수 있다. 그래야만 다른 사람으로부터 인정을 받고 대범하게 일을 처리해야 냉정함을 유지할 수 있다는 얘기도 있다. 나는 이런 부분에서도 부족했다.

인내심과 분노를 조절하는 능력도 중요하다. 호랑이는 뛰어난 인내심을 가진 동물이다. 목표를 정하면 보이지 않는 곳에서 공격할 기회를 기다리며 상대를 관찰하며 인내한다. 기회가 오면 한 번의 공격으로 만족스러운 결과를 얻는 편이다. 실패할 때도 많지만 묵묵히 인내할 줄 알기 때문에 사냥에 성공했다. 이러한 생존법은 우리한테도 적용할 수 있다. 그렇다고 사냥감이 떠나갔는데도 무조건 참으란 것은 아니다. 인생의 목적은 성공을 위한 것이지 인내가 목적이 아니기 때문이다. 아무리 어려운 처지에 몰렸다고 하더라도 절망하지 말고 분노하지 않도록 애쓴다.

스스로를 부정하거나 자아의식이 부족한 자기비하 혹은 열등감에 빠진 사람에게는 발전할 기회도 성공할 기회도 주어지지 않는다. 사람의 성공여부는 성격과 깊은 관련이 있다고 한다. 사회는 거대한 인생학교와 같다. 수많은 좌절과 어려움을 겪으며 인생학교에서 배워야 한다.

복잡한 세상에서 개성이 다양한 구성원과 갈등을 최소화하고 인간관계를 유지하는 것은 서로의 적당한 거리두기다. 서로가 뜨겁지도 않게 차갑지도 않게 가시 돋친 고슴도치처럼 안전한 거리를 유지하는 것이다. 추운 겨울에 고슴도치들이 온기를 나누고 추위를 피하려고 다가서는 순간 서로의 가치에 찔리고 만다. 아픈 고통에 멀리 떨어져 있었지만 고슴도치들은 추위를 못 참고 다시 슬금슬금 다가선다. 이번에도 조심스럽게 다가서도 찔리고 만다. 여러 번 시도 끝에 고슴도치들은 가시에 찔리지 않으면서도 온기를 나눌 수 있는 적당한 거리를 유지하는 데 성공했다. 이것을 '고슴도치법칙'이라고 한다. 지나치게 가까워지면 더 멀리 갈라지는 상황도 언제나 올 수 있다. 최소한 정서적인 유대감을 형성하지 못한 관계는 더욱 적당한 거리를 유지하는 것이 좋다. 그렇다고 먼 거리를 유지하는 것은 사회생활이 힘들어짐을 의미한다.

이런 나도 사는데

힘들고 고통스럽더라도 삶을 회피하지는 말자. 힘을 내 함께 열심히 살자. 비애감도 열등감도 가질 필요 없고 성공한 사람들을 보면서 남을 의식하여 자신을 비하하지 말자.

생활 속 주변에서 자신을 우쭐대며 드러내는 걸 좋아하는 사람을 쉽게 찾아볼 수 있다. 두꺼비 같은 얼굴에 어깨를 올리며 힘을 주고 직장에서든 모임에서든 남과 비교하기를 즐기고 상대에게 자신을 돋보이게 하려는 좀비 인간들도 있다. 심지어 공공장소에서 남을 창피를 주고 자기 자신을 과시하는 인간들이 현실에서 존재한다. 결과적으로 말하자면 남과 비교해서 우위에 있다고 생각하여 남의 자존심을 건드려 즐기는 사람도 있다.

반대로 겉으로는 내색을 하지 않고 조용히 기회를 기다리며 내공을 쌓으며 자신을 더강하게 준비된 자로 만들어가는 사람들이 많다. 우리는 이것을 겉모습만 보고 알 수 없다고 한다. 부드럽지만 넘보지 못하는 강인함이 있고 능력과 남을 존중하는 자질을 가지고 있다. 겸손을 겸비하고 도덕을 중시하는 사람이 성공하는 것은, 다른 사람들이 사사건건 다툼을 벌이거나 망설일 때나 작은 이익에 탐닉하고 자신을 내세울 때 조용히 능력을 갖추며 준비했기 때문이다. 이런 사람들은 자신을 함부로 앞줄에 나서지 않고 상대를 공감하고 존경하고 시시비비에 목매이지 않고 주변의 사람들로 하여금 호응을 얻어 자신의 사업에 자산으로 활용하는 것이다.

자신의 재능을 감추고 겸손한 자세로 상대를 대하는 일종의 과정은 인격의 경지이자 깨달음의 깊은 절제라 할 수 있다.

우리는 삶에서 겸손, 이해, 곤경, 도량, 안목, 협력, 신뢰를 쌓고 상대와 소통하려면 많은 것을 배우고 수련해야 한다. 명상, 사색, 정좌, 독서, 글쓰기에 이르기까지 수없는 자기 수련을 경험해야 한다. 실패한 인생만을 경험한 사람이 무슨 뚱딴지같은 말을 하냐고 반문할 수 있다. 하지만 그 아픔과 고통, 쓰라림과 슬픔, 실패와 좌절을 알기 때문에 글을 쓰는 것이다.

기죽지 말고 굳세게 살자는 것이고, 살되 열심히 살고 충실하게 살자는 것이다. 물론 글쓰기와 독서만으로 모든 인생을 논하고 정답이라고 할 수는 없다. 다른 부분에서 충만한 삶을 살면 된다.

불과 몇 년 전만 해도 내 주변은 사람으로 가득 차 있는 줄로만 알았다. 늘 행복했던 것 같고 어떤 장소이든 분위기는 항상 화기애애한 듯했다. 사람은 지능을 가진 유일한 영장동물이다. 영장동물은 기본적으로 친지와 가족은 인지하지만 모든 것을 두뇌로 계산하여 손익순익을 계산하고 그 계산법에 따라 모든 것이 달라질 수 있다고 한다.

일반적으로 다른 사람과 교감할 때 성공한 사람은 작은 거라도 놓치지 않고 세밀히 관찰하고 상대를 파악한다고 한다. 개인적으로는 그렇게까지 할 필요가 있겠는가. 우리 평범한 사람은 오히려 솔직함을 간직하는 게 더 실용적이지 않나 싶기도 하다. 그러나 성공한 사람들은 자신의 경험과 능력으로 상대의 성격, 사고방식 등을 파악한 뒤 앞으로의 방향을 판단하고 행동으로 실행하는 큰 지혜 중 하나라고 하니 절대 무시할 수 없다.

솔직히 나 자신이 무엇을 잘 하는지, 무엇이 장점인지, 무엇이 강점인지도 모른다. 그동안의 삶은 나에게 애정을 가진 사람이 내 단점을 얘기하면 스스로 방어하기에 바빴다는 걸 시인한다. 그 모든 것에 실패를 하고 시간이 흘러서야 알았다. 내 자신의 잘못이 어떻게 무엇이 잘 안 되었는지 분석해야 했다.

나는 이렇고 네가 이렇고 다르다고 해서 해결되는 것도 아니다. 인생은 우리의 기대와 달리 녹록치 않다. 모든 것이 내가 생각하는 것과 다르다.

그렇다고 세상에서 수많이 일어나는 불공정한 일들을 받아들여야 한다면 억울하지만 어쩔 수 없다. 표현할 수 없을 정도로 어려움에 처했다고 해서 함부로 흥분하지 말고 화도 내지 말고 절망에 빠지지도 말자. 다른 사람을 미워하고 세상을 원망할 바에야 자신의 능력을 입증할 수 있도록 혼신의 노력하는 것이 더 낫다. 그렇게 하는 것이 더 현명하고 지혜롭다. 남의 탓만 하고 세상을 등지고 한탄만 하다가는 눈앞에 찾아온 기회마저 잡지 못하고 평생 비운의 삶을 살지도 모른다.

우리 선조들은 인생의 역경과 고비를 넘을 때 "생사는 하늘의 뜻이다"는 운명론으로 받아들였다.

하지만 인간의 운명은 하늘이 정해주는 것도 조정해주는 것도 아니라는 생각이다. 내 인생은 오로지 자신이 직접 파헤쳐나가는 것이다. 영원히 행복한 인생도 없고, 평생 불행한 삶도 없다. 지금 내 인생은 바닥이다. 더 이상 나쁠 것도 없다. 정말 지치고 지쳤다. 인생 여정에서 가장 어두운 고통의 길을 걷고 있다면 더 이상 두렵지 않을 것이다. 새벽 햇빛이 떠오르기 전 기나긴 어두운 밤이 지나야 한다.

삶이라는 게 내 마음과 생각처럼 되지 않았지만 그 실패가 준 교훈이 다시 일어설 수 있게 했다. 상처만 주었다고 했던 사람들을 통해 위로와 격려도 많이 받았음을 부인할 수는 없다.

인생길에서 열심히 살고 최선을 다해 노력했지만 여전히 하는 일마다 실패하고 넘어지고 쓰러져도 하늘을 향해 불공평하다고 원망하지 않기로 했다. 어차피 실패의 원인은 나 자신에게 있었다. 차라리 냉정하게 현실을 인정하고 원인을 찾고 방향을 틀어 대책을 마련하고 삶을 개선했어야 현명했다.

어쩌겠는가. 실패와 좌절은 인생 삶에서 피할 수 없는 숙명이다.

치열한 삶의 무대에서 개개인의 주관적 능력, 사회 적응력, 추진 능력, 개선 방법에 따라 실패에서 탈출해 성공이라는 행운의 선택을 받을 수도 있다. 실패와 좌절은 꼭 나쁘다고 보기보다는 소중한 경험이다. 이런 경험을 발판 삼아 자신을 되돌아보고 더 나은 성공의 길로 가는 강력한 원동력이고 추진력이 될 수 있기 때문이다.

살아가는 삶 속에 성공과 실패, 환호와 좌절, 기쁨과 슬픔, 인내와 충동이 엉클어진 융합이다. 그 속엔 삶의 중심에 '나'가 핵심이고, '나'가 주인공이라는 것을 조금이라도 깨달았을 때 비로소 삶이란 무엇인가? 한번쯤이라도 생각을 해보게 된다.

나 자신부터 변해야….
내가 어리고 자유로워서 상상력의 한계가 없을 때
나는 세상을 변화시키겠다는 꿈을 가졌었다.

좀 더 나이가 들고 지혜를 얻었을 때
나는 세상이 변하지 않으리라는 걸 알았다.
학창시절 내 생각과 다른 친구들을 변화시키겠다고 결심했다.
그러나 그것 역시 불가능한 일이었다.

조금 더 성숙해졌을 때
나는 친구들의 생각이 바뀌지 않으리라는 걸 알게 되었다.

성인의 나이를 넘었을 때 나는 무모한 시도로
나와 가장 가까운 내 가족과 주변 환경을 변화시키겠다고 마음을
정했다.
그러나 아무도 달라지지 않았다.

이제 불혹의 나이를 넘어 자신을 되돌아보며 나는 문득 깨닫는다.
만일 자신을 먼저 변화시켰더라면
그것에 용기를 얻어 가족이 변화되었을 것을,
만일 나부터 우선 변화시켰더라면
내 주변 환경이 더 좋은 곳으로 바뀔 수 있었을 것을.

그리고 누가 아는가?
세상까지도 변화가 되었을지!
나부터 변하려고 날마다 시도때도 없이 되뇌인다.

"나는 하는 일마다 잘되는 남자"라고.
"나는 할 수 있다"고
"너를 사랑해, 축복해, 고맙다"라고.

수없이 많은 사람과 만나고 교제하고 사업체를 경영하기도 했다. 멀어진 인연, 사라진 인연도 인생 삶에서 인연을 빼고서는 어떠한 삶도 말하기 어렵다. 사람은 사람과의 만남에서 모든 일이 거래되고 발생하는 것이기 때문이다. 동서고금을 막론하고 선조들의 지혜에서 지금까지 인간관계 유지를 가장 소중한 재산과 미덕으로 간주했으니 얼마나 인연을 중히 여겼는지를 알 수 있다. 사람들은 우연과 악연에 따라 운명이 달라지듯 만남이 얼마나 중요한 과정인지 새삼 느낀다. 부자간, 부부간, 직장동료 간 모두 인연으로 묘사되는 것을 보면 인연이 삶에서 뺄 수도 없고 빠져서는 완전한 인간의 삶이라 할 수 없다.

글쓰기를 통해 마음의 정화가 찾아왔다. 삶이란 무엇인가? 자신에게 질문하며 진지하게 생각해볼 때도 있었다.

삶은 성공과 실패, 환호와 좌절, 기쁨과 슬픔, 인내와 충동이 엉클어진 융합이다. 그 삶의 중심에 '내'가 있고, '내'가 주인공이라는 것을 조금이라도 깨달았다.

태어나서 본능적으로 엄마의 젖꼭지를 찾는 것도, 살겠다고 발버둥치면서 뒤돌아보지 않고 한없이 달려가는 것도, 이기적인 사람 같이 혼자만 살겠다고 하는 것도, 세월의 흐름을 거역할 수 없다는 것도 나이가 들면서 조금씩 알게 됐다.

글쓰기가 나의 인생에 아주 큰 변화를 몰고 올지 몰랐다. 오직 글쓰기를 통해서 나 자신을 알게 되었다. 실패에 실패를 거듭하고 상처로 가득 찬 사람으로서는 독서와 글쓰기보다 더 좋은 자기 수련은 없다고 생각한다. 솔직히 돈도 없고 가정도 없고 주변에 사람도 없다. 내가 할 수 있는 것은 글로 나를 반성하고 되돌아보고 아픔의 회한을 하나하나씩 녹여내는 것이다.

이 책을 쓰게 된 배경이기도 하다. 진실된 글로 내 자신의 실패 이야기인 좌절과 절망을 쓰기로 했다. 실패 이유와 좌절의 원인도 빼놓지 않기로 했다. 글쓰기를 하면서 반성하고 회개하는 모습, 글쓰기를 통해 삶의 소중함을 깨닫고 그동안의 삶에서 빚어낸 모든 경험을 있는 그대로 책으로 묶고자 했다.

내 삶을 지배한 감정과 욕망은 어떤 것이었는지, 성장하는 삶을 위해서 내 자신의 역할은 어떤 것인지를 있는 그대로 써서 독자들에게 희망과 용기를 줄 수 있다면 충분하다고 했다. 결국 진실되게 있는 그대로를 쓰기로 결심했다. 구질구질한 삶과 사랑의 아픔, 노력했으나 실패로 연결될 수밖에 없는 삶을 기록하기로 한 이유는 성공만이 사람에게 감동을 주는 것이 아니라는 믿음 때문이었다. 실패담으로 실패의 원인 이유를 써서 독자들과 실패경험을 공유하고 더 큰 용기와 지혜를 줄 수 있다면 얼마나 좋겠는가. 비슷한 고민 중인 단 한 명의 독자라도 참고가 될 수 있다면 큰 힘이 되겠다는 생각으로 나를 다잡고 썼다.

교통사고 후 목 디스크의 저린 증상이 함께하고 있다. 신기하게도 글쓰기나 책을 읽을 때는 아픈 증상이 사라지는 경험도 했다. 글쓰기는 무한의 힘을 실어준다. 글쓰기는 삶의 지혜와 용기를 준다. 이 책을 읽고 글쓰기에 동참한다면 더 이상 바랄 게 없다.

글 속에 삶이 있고 삶 속에 글이 있는 세상이 오는 그날까지 글쓰기는 계속된다.

서재에서 박군웅

2020년 3월

하는 일마다
잘되는 남자

초판 1쇄 인쇄 _ 2020년 4월 25일
초판 1쇄 발행 _ 2020년 4월 30일

지은이 _ 박군웅

펴낸곳 _ 바이북스
펴낸이 _ 윤옥초
책임편집 _ 김태윤
책임디자인 _ 이민영

ISBN _ 979-11-5877-163-8 03800

등록 _ 2005. 7. 12 | 제 313-2005-000148호

서울시 영등포구 선유로49길 23 아이에스비즈타워2차 1005호
편집 02)333-0812 | 마케팅 02)333-9918 | 팩스 02)333-9960
이메일 postmaster@bybooks.co.kr
홈페이지 www.bybooks.co.kr